U0688618

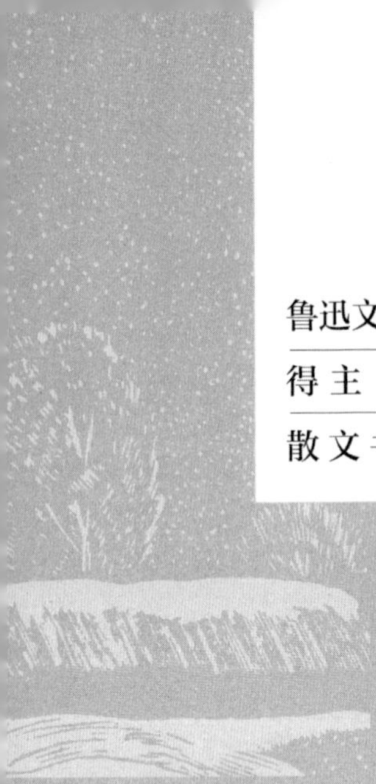

鲁迅文学奖

得 主

散 文 书 系

看雪花
缓慢飘落

李琦 著

中国文史出版社

图书在版编目(CIP)数据

看雪花缓慢飘落 / 李琦著. -- 北京：中国文史出
版社，2025.1. -- （鲁迅文学奖得主散文书系）.
　ISBN 978-7-5205-4849-6

　Ⅰ.I267

中国国家版本馆 CIP 数据核字第 20248UD201 号

选题策划：江　河
责任编辑：卢祥秋
装帧设计：锦色书装

出版发行：**中国文史出版社**
社　　址：北京市海淀区西八里庄路 69 号院　邮编：100142
电　　话：010-81136606　81136602　81136603（发行部）
传　　真：010-81136655
印　　装：廊坊市海涛印刷有限公司
经　　销：全国新华书店
开　　本：880×1230　1/32
印　　张：8　　　　　字数：147 千字
版　　次：2025 年 1 月第 1 版
印　　次：2025 年 1 月第 1 次印刷
定　　价：66.00 元

作者简介

————

　　李琦　第五届鲁迅文学奖得主。哈尔滨人。中国作家协会诗歌创作委员会委员。从事写作四十余年。出版诗集《李琦近作选》《这就是时光》《山顶》、散文集《从前的布拉吉》《云想衣裳》《白菊》等多部。亦曾获中国女性文学奖、东北文学奖、《人民文学》优秀作品奖、《草堂》年度诗人大奖、《扬子江》诗歌奖、《十月》文学奖等奖项。

写在前面

我们怀着由衷的敬意，编辑了这一套散文丛书。

鲁迅先生是中国新文化运动的旗手，是近现代历史上对中国社会思想文化发展具有重大影响的文学家。以他名字命名的"鲁迅文学奖"，是中国文学奖的最高荣誉之一，自创立以来，一直拥有良好的口碑和广泛的影响力。那些获得鲁迅文学奖的作家作品，毫无疑问地推动了我国文学事业的繁荣发展。

这些获奖作家分别生活在祖国的东南西北，年龄跨度从"50后"到"80后"，写作门类包括小说、散文、诗歌、评论。他们都曾创作出佳作名篇，是堪称名家的优秀作家。编辑出版这套"鲁迅文学奖得主散文书系"，我们的初衷正是让这些优秀的小说家、散文家、诗人、评论家聚集在一起，将他们各自独具的生命体验和写作风格，以群峰连绵的形式呈现出"横看成岭侧成峰"的写作景观，向广大读者奉献这个值得阅读和保存的作品系列。

在这些作品的编辑过程中，我们看到了他们不同的阅历和表达方式，看到了他们卓尔不群的文学才华和让人叹服的写作能力，看到了他们观察事物的独特角度和对自己生活、创作的诚意表达，看到了他们纷繁复杂的生活境遇和丰富悠远的精神世界。从这些文字中，我们感受到了作家对大自然和世间万物的悲悯，对岁月悠长、时光消逝的感喟和思索，对身边细微琐事的提炼和回味，对辽阔人间的关怀以及对世道人心和生命本身的探寻与思索。

我们以诚挚的愿望和认真的劳动，向亲爱的读者推荐这个书系，也以此向在写作道路上辛勤耕耘的作家们致敬，向创立近四十年的鲁迅文学奖致敬，向在岁月的上游一直如星光般以风骨和精神令后世仰望的鲁迅先生致敬。

编　者

2025 年元月

目录

冰凉的琵琶

琵琶的形状真是好看。它看起来像半个葫芦，又像那种香甜的大头梨。

这可不是一般的葫芦或梨。它发出的声响能把你带到一千年以前。这只会响的大梨会让你的情绪瞬间飞扬或忧郁。弹琵琶的人将琵琶搂在怀中，那样子不仅独具一种温柔，有时甚至像怀有壮烈。手指在琴弦上奔走，心带着手，手随着心，这一番境界真是难以言说。

我认识一个哑孩子，其实她也聋。她喜欢弹琵琶。看她演奏时，我竟有了一种近于惊心动魄的那种感觉。这孩子搂住她的琵琶，用琵琶开口说话了。她说她是一个孤儿，还说琵琶就是她的亲人。她还说生命是多么美好，还说我真想说话。说着说着，我们这些不聋不哑的成年人，就有了一种揪心的难受和哀凉的美感。

这个鼻梁又高又直的小姑娘，怀抱琵琶，脸色苍白，就像是从古代街巷里走出的一个流浪小艺人。她就在我们面前，端然一坐，却有一种遥远的、不真实的朦胧感，像梦中的人物出场了。记得听完她的琴声我们好像松了一口气。我轻轻地亲了她，她一把抓住我的手。那双小手那么凉，那么小，让我的心使劲疼了一下。

以后，只要是看到琵琶演奏，我就能感到有一双冰凉的小手。也说不上是怎么回事，在我，琵琶和冰凉和疼，就有了一种关系。

罗密欧与朱丽叶

马迭尔冷饮店位于哈尔滨漂亮的中央大街上。这条街因为两旁多是异国特色的建筑，又有一条经过百年风雨、古旧的石头马路，就很有一种情调。有时会让人蓦然产生恍如欧洲的感觉。如今中央大街已是步行街，是旅游打卡地，对外地人来说，算是不能不看的一景了。

老哈尔滨人都知道马迭尔。它原是一个法籍犹太人开的店。这个犹太人有个漂亮又有才华的儿子，在法国学习音乐。儿子回哈度假时，被日本人绑了票。匪徒送来儿子的耳朵，倔强的老犹太人肝胆欲裂，但就是不屈从。于是儿子惨遭杀害。

我二十岁左右时，常去这家冷饮店。我和我的好朋友晓冰对坐在小桌两边，要上两杯酸奶、两个刚刚出炉又香又软的面包，轻轻地说着话，心里有一种很舒服的感觉。我喜欢那里的宁静，也喜欢那里的酸奶。那酸奶全不像今天这么稀薄。它稠稠的，粥状，盛装在一种厚墩墩的乳白色瓷碗中，上面均匀地撒上颗粒的白砂糖。用小勺轻轻搅匀而后滑爽地咽下的那种感觉，真惬意。我有时干脆来两份。

有一天我发现旁边桌坐着两个出众的人。他与她一望而知不是我们炎黄子孙。他们是一对中俄混血儿。哈尔滨人习惯把俄罗斯人叫老毛子，把混血儿叫二毛子。略显粗鲁的叫法中，也有一种民间的随意和亲切。20 世纪 50 年代，华洋杂处仍是哈尔滨的特点。这里外籍人很多，其中以俄罗斯人为主。他们多是"十月革命"后逃出来的白俄，天长日久，已把气候、地理、人文环境与莫斯科颇为近似的哈尔滨当作了第二故乡。所以，与华人通婚者、恋爱者很多。那些血缘遥远、深得杂交优势的混血儿，择欧亚之长，比他们的长辈们更漂亮、更独具一种魅力。

到了 70 年代，这些人大多数已迁居他国了，可是偶尔仍能看到一些孤寂的身影。他们像落叶一样，在哈尔滨的街头飘零着。

我望了他们一眼。真是造物主的杰作啊。这两个人都穿着当时多数人穿的那种普通的蓝衣服，但依旧气度不凡。男的好像比女的小一些，雕塑般的面孔上略带一种薄弱，鼻翼很薄，像我想象中的肖邦。那女子于安静中散发着一种圣洁之美，石膏像般洁白精致。他们默默地对坐着，面前各是一碗酸奶。两双漂亮的大眼睛里，都盛装了无限的哀愁。那个男孩子好像说了句什么，那女子安慰地拍了拍他的肩，那呵护、关爱的样子，是姐姐无疑了。

我被他们的美和愁吸引了。以当时的局势，我知道这样的人不会开心。那是反帝反修的时代。作为反修前哨的边疆城市，有些人习惯将这样的人与什么电台、特务之类的联系起来。就是明知他们清白，为少惹是非，大家也是敬而远之。这一对姐弟，正陷在无望中。这样好看、目光良善的人过不上舒心的日子，我甚至觉得自己也是有错的。

那天的酸奶于是觉得不好吃。我和晓冰从冷饮店出来，沿着中央大街径直走到松花江边。我们都在惦记着那对姐弟，感慨着人生的无常。夕阳西下，江水像是铺上了一层玫瑰，我们坐在江边的台阶上吹口琴。情不自禁，就吹起《莫斯科郊外的晚上》。我的眼前晃动着那两个人的身影——苍白的脸庞，蓝色的衣服，忧伤而漂亮的眼睛……口琴声忧郁伤感，顺着江水漂远了……

此后在冷饮店又看到过这一对姐弟。彼此友好地点了头。那个男孩子越发苍白了。我甚至怀疑他是不是得了重病。再以后，无论是在冷饮店还是其他地方，都见不到他们了。哈尔滨的侨民几乎走光了。他们大多选择了遥远的澳洲定居。这些失去祖国的人，又一次失去了第二故乡。这对姐弟去了哪里呢？那时候，我常常会突然想起这个问题。

有一次和朋友一起听柴可夫斯基的交响乐《罗密欧与朱丽叶》。窗外下着雨，我的朋友一会儿呈示部一会儿再现部地絮叨着，我却完全沉浸在自己对那音乐形象的感知中。阴暗、压抑的气氛，封建家族中的仇恨，恶势力对爱情的无情扼杀，这感情色彩强烈的音乐语言在诉说着……我看到了那个充满仇视、猜疑、人性压抑的时代，我看到了中央大街上那不断驶过的尖锐刺耳的宣传车……我看到了脖子上被挂上一串鞋子的女演员……当英国管和中提琴奏出美丽的爱情主题时，我的眼前竟出现了那一对混血姐弟。他们年轻、美好，是另外一种的罗密欧与朱丽叶。面对着生活的悲惨与残酷，他们相依为命，用骨肉亲情温暖着彼此寂寞寒冷的心。我看到了马迭尔冷饮店那张小桌旁，已经深怀忧伤的姐姐正在温柔地安慰同样忧伤的弟弟……旋律在奔涌，外面的雨越下越大，骤然响起了惊雷。这来自天庭的鼓声，像是对人间邪恶的拷问。当乐曲结束时，乐队全体奏出的强烈的、巨大的激愤中，也有了我的一份。

一切已经成为过去。我已是许多年没迈进那家冷饮店了。没有从前那样的酸奶了，也没有那么动人的目光了。那家冷饮店如今是烤羊肉串茶鸡蛋一应俱全。原来那种奶香和刚出炉的面包香气，已被一种混浊的乱七八糟的气味所代替。当我从那里经过的时候，我甚至不愿向那里望一眼。我怕蓦然回首，再碰疼那颗好像已经平静了的心。

住在提琴里的爱情

很多年前，我陪着女友去沈阳，办去美国的签证。闲来无事，就应邀去参加当地一个朋友的家庭聚会。

这位朋友是个画家，聚来一帮人物。我们在地毯上席地而坐，地毯中央铺上纸，上面是食物与酒。画家朋友是我的哈尔滨同乡，喜欢故乡的食物。他刚从哈市回来，不远千里，带来哈尔滨秋林的大面包和正阳楼的风干肠、酸黄瓜一类。在离家甚远的沈阳吃到这些，觉得别有味道。

来聚会的人都很自然、随便，像在自己家一样舒展。也许是巧合，好几位都是持外国护照的。有一位是拉小提琴的，刚从国外回来。他的手非常灵巧，用刀切割一只熏鸡时，只轻轻几下，就干净利落地切好了。这个人也喜欢诗歌，与我聊了一些与诗有关的事，也说了几句他在国外的经历。他长得不太像汉族人，据说在国外打工时，别人还以为他是意大利人呢。

大家吃着喝着，渐渐就有了醉意。有人幽幽地唱了起来，有人在若有若无的音乐中发呆。这时，那个拉小提琴的站了起来，说："我给大家拉一段曲子，纪念我的妻子。"

　　纪念？我觉得这个词用得奇怪。画家告诉我，拉小提琴的在读音乐学院时，爱上了他的老师。老师比他大不少，多年来孑然一身，最后被他的爱情打动，两个人结了婚。婚后不久，他去澳洲留学，妻子忽然病倒，他赶了回来，妻子怀抱圆满的爱情，离开了人间。

　　琴声响起，是《梁祝》。人们都安静下来。太熟悉的旋律，承载了他心灵的情结后，反倒有些陌生了。

　　当抒情的爱情主题在低音区又一遍回响时，我臆想着那个已经不在人世间的女教师——她不再年轻了，却另有风韵。她单纯、善良，正在怀想远方年轻的爱人时，死神就召走了她。她是幸福呢还是不幸？我眼前这个为另一个世界的妻子拉琴的人，他原本拥有一份特殊的情愫。像梁山伯与祝英台一样，他们也是悲剧。得到与失去，人生起伏。此刻，他想借这琴声对妻子说些什么？这个浓眉紧锁的人，他心头的痛楚到底有多深？

　　听着琴声走过，大家心中都不好受。没有人为琴声喝彩，演奏结束，只记得主人说："喝酒吧。"

　　那一夜这些人确实喝了不少的酒。深沉的夜，苍茫的心事，只有那些空酒瓶，在零乱的地毯上，很清醒的样子。

帕瓦罗蒂，我们在听

1986 年的夏天，帕瓦罗蒂来中国演出。我说不出为什么，有些紧张地坐在电视机前收看实况转播。手心冰凉，好像就要演唱的是我。

歌声响起，我被那个大块头穿云破雾的声音一下子震住了。上帝啊！男高音！这是我有生以来听到的男高音中最亮的声音。这镶着金边儿的明亮如阳光的歌声！我的耳朵在此之前，从未听到过如此辉煌的、不断向上飞升的声音。我马上感受到了眼里溢出的泪水。我面对着一个创造了音乐奇迹的人，那种同为人类的自豪使我生出一种明澈的幸福感。不久前读到诗人邹静之的散文，他写到当年听到帕瓦罗蒂的第一声唱："心里的感觉是骄傲——为人类有这样热情的声音而骄傲。"真是同志啊。记得当时我非常遗憾没能住在北京，否则我一定坐在北京展览馆剧场，看着那庞大的身躯是怎样弥散出声音，任凭那声音的全面覆盖。我要看着他唱。

听音乐会的现场感非常重要。身临其境的感受与坐在电视机前收看是不同的。那种与歌唱家同处一个环境的氛围，那种从耳至心的直接传递，那种一群热爱音乐的人同呼吸共会意的感觉，那曲终刹那间雷雨般骤起的掌声，那种面目平静下整体的心潮激荡，汇聚成一种奇妙的气场，圆满、深化着人们对一场音乐会的理解和记忆。多年后读到帕瓦罗蒂的自传，原来，见到中国观众那一刻，他也同样激动了——"中国观众心中藏着什么样的情感，我们事先可说一无可悉，但事实说明，中国观众心中和米兰、巴黎或纽约观众心中深藏的情感是一样的。当晚的掌声与欢呼让三百位意大利人与美国人组成的剧团非常非常快乐。"饥渴已久的中国音乐迷们，怎么能不近乎狂热地激动呢？帕瓦罗蒂这意大利的黄钟大吕如一场飓风，刮起了人们心中的激情。这位外表粗实内心敏感的大师不无幽默地说："我在安可曲时唱出《噢，我的太阳》时，观众的反应更是匪夷所思般狂热。"

帕瓦罗蒂说在中国的音乐会是他毕生经历的最大感动之一，对我也是如此。虽然我没能如静之那样坐在音乐会的现场，也不如他那么专业——诗人邹静之同时也是一位男高音！但我的确在那个夏天的夜晚，与世界上一个巅峰级的男高音有了共鸣。我看到了伟大。翻看那时的笔记，依然让我心动——

有人能唱出这样的歌声，能用这种声音倾吐他对世界的感受，真是伟大！这是唯有人类才能做出的事情，人类真是宇宙间的杰作——我这样写了。

他从意大利来，与我们是完全陌生的，却一展歌喉唱热了我们的心，使意大利变成了近邻。多奇妙——我这样写了。

这个壮硕的大胖子，一唱起来，变得那么可爱优雅。他的目光单纯友善，我不用听懂那歌词了，他唱的是善良与美，唱的是人生的光荣——我这样写了。

　　意大利人、中国人，欧洲人、亚洲人，当我们一样用耳朵倾听一种美妙的声音时，世界变得那么和谐。音乐的教化作用真是了不起——我这样写了。

　　这是当年的随想，我至今依旧清晰地记得当年的激动。那个体积庞大、满脸胡须、手拎一条手帕的帕瓦罗蒂，像许多伟大的艺术家一样，用他的歌声，传达了神的旨意。他金光闪闪的声音，让我对"高"这个字充满敬意。不是夸张，他甚至不经意地把我领向哲学的树林。我沿着他的歌声，向思想的小路行走。从爱音乐到爱世界，从听到想，并且反反复复，在这没有止境的探寻中静度岁月。

　　不久前看到有些小报兴致勃勃地登载什么顶尖歌唱家帕瓦罗蒂原来不识谱，周围也有人兴冲冲地评论着，还有一种隐隐的得意。这帮小人。对一个能这样歌唱的人，还说识谱之类，太滑稽了。我要是帕瓦罗蒂，我就说，对，我不识谱，我只是帕瓦罗蒂。

　　十几年过去了，帕瓦罗蒂还在歌唱。他歌声里的生命力像一场场雨水，淋湿了世界上许多地方。歌声是多么美好啊。有帕瓦罗蒂的世界多么美好啊！写到这儿我又想起了那笑容晴朗的大胡子的脸，这个人像一缕地中海的阳光，这个人永不知道我是谁，却通过歌声把他的心灵传递给我，把美和爱意播撒于我，把音乐之中的精神点拨给我，这样的人对于我，能说是没有恩情吗？

帕瓦罗蒂，祝你健康！你就唱吧，我们在听……

时隔数年，重看这篇散文时，帕瓦罗蒂去世已经十七年了。2005年，他的全球巡回告别演唱会来到了北京。12月的北京，正是寒冷的冬天。人们知道，大师已经不如从前那样健康，这是来之不易的演出，有可能是和中国观众的告别。四面八方的人奔赴首都体育馆，他们要向大师献上真诚的敬意。那一夜大半个北京城的交通因此瘫痪。首都体育馆里，深情弥漫。当帕瓦罗蒂演唱最后一首《今夜无人入眠》时，很多人激情难抑，流下了泪水。他们知道，这是帕瓦罗蒂生命最后的段落，落日辉煌，一个时代，就要结束了……

帕瓦罗蒂，他不仅是享誉全球、有巨大影响力的歌唱家，还是一个心系苍生的人。他既能用磅礴而华美的歌喉展现人类声音的动人和心灵的丰富，又能身体力行去切实地参与慈善活动。他以自己的影响力，为联合国多项事业筹集资金，为战争和内乱中那些不幸的人举办音乐会。他以公益之心，以上帝都会感动、不可替代的歌声，宽大温柔地抚慰这个动荡的世界。

他出生和离世在同一个地方，意大利摩德纳市，因为他，世界记住了这个地方。在他发出人生第一声啼哭的故乡，他最后合上了眼帘。他的葬礼隆重动人。政界要人、明星、歌迷以及家乡人，数以万计的人为他送行。当他的灵柩被抬出教堂时，广场上响起长时间掌声。人们以为艺术家喝彩的方式，送他远行；意大利空军飞行队以空中特技飞行，穿越摩德纳市中心上空，以让万众仰望的方式，对这位音乐大师表示最崇高的敬意。

帕瓦罗蒂走了，带着他的荣耀和光芒，也带着疾病带给他的痛苦和烦恼。但他把歌声和笑容，把爱和美，赠予了世界。时至今日，这位世界上公认的"高音C之王"，歌声依然在世界荡漾，依然此起彼伏地飘荡在全球各个角落，我们还是像从前一样，在听他的歌声……

随合唱远游

娅伦是个好听的名字，拥有这个名字的人是内蒙古青年合唱团的指挥。我先是听人说起过她，说她是个非常有感染力的人，艺术感觉特别好。因为这个名字好听，我就记住了她。

后来我从电视上看到了她，印象很深。她指挥的内蒙古青年合唱团参加国际合唱节，反响强烈。那些身穿漂亮蒙古袍、有一种特殊气质的合唱团团员，站在那里就像一道动人的风景。和谐纯净的歌声里，散发着蓬勃的生命力。这是一种彻底的声音，像火车到达终点那样，这声音到达了它应该到达的地方。

合唱是美好的。那种由每个人的嗓音汇集起来的奇妙的人声会开拓一个辽阔的空间。声音的相融，意念的默契，使人与人之间出现了平素少有的和谐、理解。这种和谐与理解从人的心头经过，对人会有一种提升的作用。你一下会觉得，人的声音是这么庄严而美丽，人生的内容这么动人。真是好啊！

少年时我参加合唱，当"五月的鲜花开遍了原野"从唇边离开时，我简直有点儿不信，这么美妙的歌声就是我和我的同学们发出的？一种激动遍体走过，五月的鲜花在我的眼前次第开放，先烈们悲壮的身影，过去的岁月，一幅幅画面电影镜头般在我的眼前展现，我进入了一个从未体验过的情感世界中。

我于是开始喜欢合唱，合唱的形式与内容都有深深打动我的地方。一场成功的合唱音乐会，既体现了人类的激情，又有一种巨大的美感。那一年在电视上收看北京万人演唱《黄河大合唱》，真是有种惊心动魄之感。歌声的风暴，歌声的马群，那种波澜起伏的戏剧性，那种庄严雄伟的史诗感，简直就是一颗歌声的原子弹。我被笼罩在这大合唱的蘑菇云下，有种要放声大哭的感觉。

还有一次，看俄罗斯无伴奏合唱团的演出，真是终生难忘。那种高超的、纯美的合唱艺术，那种高级的和谐，那种合唱团员之间奇妙的心领神会，那种如海水漫上沙滩般缓缓涌上来的美感，驱除了我心头所有与音乐不协调的情绪。我进入了那歌声，惊奇地聆听到人类声音的辉煌与斑斓——钢铁的声音，丝绒的声音……精灵的声音，我见到了声音的雪山！我的耳朵来到了声音的名胜之地，我只能长久地沉默。

热爱合唱，自然也就尊重指挥。我见到的第一位指挥是我小学时的音乐老师。她当然不是一个专业的指挥，可是，是她让我懂得了合唱的魅力。我们的歌声跟着她的手势，或强或弱或柔和或刚劲。明亮的汗珠一粒粒从老师的额上浸了出来，她变成了另一个人，矮小的躯体好像在长高，生动甚至奇怪的表情迷住了我们。她有时张着嘴，有些夸张地不出声音地唱，有时又像要睡过去一样半眯着眼，身体斜着，眼看要倒的样子。她的手势时而果断时而柔和，我们的歌声就跟随那双手，起伏飘荡着。那双手哪怕一些细微的动作，也传递着一种令人信服、美妙的信号，那双手带领我们穿越自己的歌声，来到一种让人迷醉而激动的境界。那双手使我相信，歌唱是生命里一件动人的事情，我们是需要这事情的。

比起我的小学老师，娅伦是真正的指挥。尤其是她指挥的不是一群幼稚的孩子，而是一些真正的歌唱者。那些人与娅伦很默契，既训练有素，又满怀激情。他们好像集体通灵了，唱得那么好那么令人感动。歌声一起，一阵神风，抽走了所有的灰尘和杂物。通向美的那扇门徐徐敞开了，一种浑厚的庄严，一种微带凉意的清澈，就在娅伦的手势下、在合唱团的歌声里向外弥漫。那歌声里有光线、空气、雨水和风，有一种对天地万物、宇宙星辰的深深的爱情。这些具有独特精神风貌的蒙古族人，让人想起星汉灿烂的夜空，想起无边无际的草原，想起地平线，想起长鬃飘拂的野马群，想起一个民族的苦难与光荣。我满怀敬意地记住了这个合唱团，是因为他们让我的耳朵有过一种高尚的感觉。

蒙古族的娅伦皮肤白皙，比起她的父辈来她已经非常城市化。她举手投足间有一种典雅，说话爱打手势。那双手很漂亮，光洁、修长。用这样一双手述说音乐语言，如指挥战役般指挥美好的歌声，让人舒服。

据说娅伦是我国第一个学合唱指挥的研究生，正在北京学习。我想，这样一个人，北京一定要想法留住她。

可我不知为什么，有种担心，她要是真留在北京，那个叫作内蒙古的辽阔的地方就少了她，那个带给我美妙感受的合唱团就不再是由她担任指挥了，那会多么让人遗憾。

疯女人与红梅花

有一个疯子，她经常披红戴绿地出现在大街上。她基本上是沉默的，不骂人也不打人，只是有时忽然定定地站住，像站在舞台上一样，慢慢地唱出：红岩上红梅开……

那么庄严的一首歌，让她这么一唱，用现在的话来说，有些后现代了。记得当年许多人在大街上笑话她，说唱一个唱一个！我一看人围着她就有点儿难受，因为她是我一个小伙伴的母亲。

谁也说不清她疯的原因。她长得真漂亮。微黑而端正的面庞上，浓密的眉毛几乎连在了一起。那双大眼睛又黑又深，略高的颧骨，像个吉卜赛人。她清瘦而轻盈，走路像起风一般。这个漂亮的疯女人丢掉了家，丢掉了理性，丢掉了人间的争斗与生活的疲惫，丢掉了正需要她照料的儿女，却不知为什么，没有丢掉这支歌。在荒凉的人世间，这个有着异域之美的疯女人，带着她的红梅花，失神而又精神抖擞地唱着。

红岩上红梅开……

她的女儿比我略小，长得也非常好看，是那种从小就有心事的孩子。她对于母亲的一切都守口如瓶，我们的话题永远也不能靠近她的母亲。

她为什么只记住了这首歌？这首歌对于她有什么特殊的意义？一个疯子，能把歌唱得那么准，这实在让我有种奇怪。她的歌声混沌、苍凉，有一种凄楚之美。她其实每一次都想把那支《红梅赞》唱完，可常常只唱了两句，就让那些起哄的人给搅了。她只好神情漠然地走出人群，风一样地向远处而去。

后来她住精神病医院了。人们都忙着自己的事，慢慢地就忘了这么一个人。

几年前我在一家书店的门口，忽然重新看到了她。她老了，那一头曾是茂密的黑发稀疏而花白。她好像是恢复了理智，手拎一只买菜的篮子。她眼睛旧旧的，望着这个越来越新的世界，脚步缓慢，神情凝重。

她的红梅花不开了，她什么也不唱了。

救人的巴赫

我朋友，她新婚不到一年的丈夫猝然去世了。他太好了，甚至还未及留下哪怕一点儿让她失望之处。那个亲爱的人后颈上长了一块黑痣，一块阴险的痣竟带走了他！爱情戛然而止，她接受不了，她要随他而去。

结束了。环顾一下尚算是新房的家，她这样想。洗了澡，剪好指甲，她要干干净净地死。安眠药就在小瓶里，小瓶在那双最后洗完的手中。她放上一张唱碟，她要在音乐声中死去。那是他买的，还未及开封呢。那个远走的人爱音乐，是个巴赫迷。

音乐来了，是巴赫。巴赫好像亲自来了。他伸出一双温暖柔软的大手，父亲般要扶起她。一种壮丽和温暖，一种理解和怜悯，从那音乐中流淌出来。巴赫说，你爱他是吗？那你知道吗，爱是不会消失的。你爱的人把你留在世界上，这自有道理。你已经有了双重的生命，你懂了吗？你答应过他，活下去，替他爱这个世界，你该这样去做啊……

她一下子哭了。她想起他临终时对她的嘱咐，想起了自己被泪水打湿的承诺；想起有一天，他牵着她的手去听一场音乐会，回来的路上，在夜晚的路灯下，悄悄地亲她。如今没有他了，可他喜欢的音乐还在房间里回旋着。音乐是这么美好，挡在她眼前的那层黑色的帘子，被轻轻地卷起了。他在另一个世界伸出了温暖的手，把她推举向高远的境地。可她已经吞下了一些药片，手中的小瓶已经变轻了……

音乐更辉煌了。现在，巴赫要把她从那冷漠的药片之中夺回来。她顺着巴赫的指引，重新发现了世界：阳光原来还是那么灿烂，五月的风中，丁香花正馥郁动人。床头是他们的照片，他搂着她，站在江边，笑得那么开心。他手中还拿着什么，对了，就是这张唱碟。那天他们买了唱碟，拉着手一直走到江边，留下了这张照片。

她骤然间懂了，这音乐是他最后的礼物。他其实没有真正离开，只是不在眼前了。一种信心、一种前所未有过的情感，在她自以为已是一片灰烬的心灵里萌芽了，她还是一个拥有爱情的人。此时，爱情和巴赫一起，要从死神的手中抢回她！她昏昏欲睡了，那音乐偏搀扶起她。她挣扎着，给哥哥打去了一个决定性的电话……

她死而复生的事许多人知道，可是，是谁救了她，她不愿说。说了别人也未必信，你信吗？有一天她问我。

我当然信。亲爱的朋友，我信的，比你告诉我的，还要多。

《嘎达梅林》与马头琴

　　蒙古族民歌《嘎达梅林》与同名的马头琴曲，我可谓百听不厌。低回浑厚的旋律，简洁朴素的歌词，每次都能伸出手，把我一把拽住。在这样的旋律里，我有种说不准是在下沉还是上升的感觉。我尤其喜欢《嘎达梅林》这支马头琴曲，经常是循环地播放。深情舒缓的琴声雾霭般地弥散。如泣如诉的马头琴声，带着犹如前世的召唤，能让我陷进一片冥想和怅惘之中。

　　嘎达梅林，一个属于茫茫草原的英雄，正像歌里唱的那样：他是"为了蒙古人民的土地"，勇敢地反抗王爷和军阀，反抗掠夺和欺压，反抗扼杀人性的权利。最后，英雄末路，嘎达梅林在战斗中献身了。草原上的人民情深意重，他们深邃的目光能辨别是非真伪，厚道的心肠也铭记功德恩情。于是，茫茫草原上，一代又一代的蒙古人，一边拉着马头琴，一边传唱英雄的故事。悲壮的歌声和琴声，像百灵鸟的翅膀一样，飞遍草原的每一个角落——"南方飞来的小鸿雁啊/不落长江不呀不起飞/要说起义的嘎达梅林/是为了蒙古人民的土地……"

　　歌声忧伤，沉郁，往远处飞，往肺腑里去，带着草原人的心事，一代一代心口相传，成为一个民族的心灵史诗。

我曾在内蒙古草原的深处，在一个蒙古包里，听过牧人低声地唱过《嘎达梅林》。

那个傍晚，刚下过一场小雨，空气里弥漫着草原独有的清香。刚刚喝过酒，那个原本有些羞涩的牧人，就像要开口说话一样，低声地唱起了这支歌。适才还谈笑风生的同伴全静默了。我使劲低下头，因为我实在无法控制奔涌而出的泪水。我相信我听到了整个草原的声音——蜿蜒河水和蓬勃青草的声音；骏马和牛羊鸣叫的声音；古铜色面庞老阿妈的声音；一顶顶栉风沐雨的毡房接住雨水的声音——我还相信，那个叫作嘎达梅林的人，正在以草原人特有的步态，顺着这歌声向我们缓缓走来。他已经从牧人变成了神。我们看不见他，因为我们不过是这里的过客，可是草原人的眼睛能认出他来。我一下子理解了纯正的蒙古族人为什么气度那么安详。他们勇敢、宽厚、慈悲，能够在艰苦的环境下坚忍地生存，彪悍的外表下藏着善待一切生命的柔软心肠。他们是唱着这样的歌，听着这样的琴声长大的。他们是成吉思汗的子孙，是嘎达梅林的族人，是有着遥远来路和开阔背景的人。他们经受的苦难，他们肩上的风霜，他们骨子里的贵重和悲伤，都赋予了草原歌声与琴声独特的精神内涵。

马头琴是孤独的乐器。即便是在众多乐器的合奏中，它卓尔不群的音色和魅力依旧会凸显出来。尤其是当它被怀抱在有心灵的演奏者手里，它的弓弦就好像通了灵，如倾诉如呜咽，或婉转或醇厚，弓弦好像连着整个草原的魂魄和心事。马头琴曲《嘎达梅林》，我听了无数遍，无数次被打动。那种千回百转，那种对于英雄的疼惜和命运的咏叹，那种草原文化的独有的深情和悲怆，那种无边无际的内蕴，常常让我百感交集。

2007年，我有幸在前郭尔罗斯草原听到六百个孩子演奏马头琴。当六百把马头琴平地响起的那瞬间，我真如受了内伤一样受到了巨大的震撼。原想拍几张照片，可是手一直在抖动。我后来用诗句记录了当时的感受——六百匹草原的马驹/突然一起说话/倾诉又如召唤/那小小的演奏者/好像远古的神灵附体/端坐于土地/灵魂却腾空跃起/在云头之上/六百个孩子的血液和骨骼/来自草原和遥远的祖先/六百把动人心弦的马头琴/六百颗穿蒙古袍的星宿/六百双未染尘埃的手/从琴弦上伸来/为我黯淡的日子/拨亮了，六百盏灯。

那一刻真是太难忘了。当天骄阳如火，整个广场，却迅疾弥漫起一种苍凉之气。那原本还是顽皮的孩子倏然间神情庄重肃穆。琴声唤出了他们基因里的草原情结，把他们带进了祖先的故乡，带进了苍茫悲壮的往事里。六百把马头琴的声音和六百个孩子充沛的元气，形成了一种巨大的气场，让人不由得屏住呼吸。一种时空倒转的感觉，让我仿佛进入了幻觉。我觉得我也在那琴声里变成了一个蒙古族女人——心神安稳地日出而作，眼前是目光清澈的孩子，身边是安静的牛羊。逐水草而居的毡房里，永远有为亲人煮好的热茶——而那些从小就熟知嘎达梅林故事的男人，正在骏马的背上，在辽远草原的夕阳下，如剪影般让人怦然心动——

这就是艺术的力量，朴素里包裹着深邃。英雄嘎达梅林，住在歌声和琴声里的嘎达梅林，让我对一个民族心怀敬意。这歌声这琴声，让我懂得，在这个世界上，无论千变万化，无论有多少花哨和名堂，那直抵人心的艺术，永远来自真纯之地，来自博大的襟怀，来自如今已被我们逐渐忽视的两个圣洁的汉字，那就是——灵魂。

歌王远行，世界心动

6月26号那天，一打开电脑，看到迈克尔·杰克逊逝世的消息，头皮一麻。真的吗？急症发作，911呼救。这些常人的事情怎么会和他有关？难道是真的?! 就像一首歌的结尾那样，音符消散，戛然而止了？迈克尔·杰克逊，从此，这世上真的就再没有你了？

我非常难过。

我的周边同事，都是比我年轻的人。对于这骤然离开的天王歌星，显然没有我这样的情感波动。我也不愿把这些个人化的心事，动辄向谁诉说。

连续几天，心绪不宁。我翻出保留下来的那些盒带和碟片（搬家数次，盒带成纸箱扔掉，还是舍不得扔掉当年最喜欢的），先是看到中唱总公司上海公司1988年版的《BAD》。封面上的杰克逊，是他所有形象中我最为喜欢的——一袭黑衣，金属袖扣闪亮，黑卷发，黑眼圈，面庞纯洁英俊，眼神反叛，英气逼人。鼻子一阵发酸，这么大岁数了，不愿和谁再说起这些。我给在北京的女儿打了电话。我说，你能理解妈妈，连我自己都没料到，杰克逊死了我这么难过。到底是我的女儿，她说，其实她也很难过。

杰克逊是占据我重要记忆的一个人。他是我青春时代的一个符号，是遥不可及却和我的生命有所牵连的人。

20世纪80年代，我在一所体育学院当中文教师。刚出校门的我，比学生大不了几岁，甚至比那些功成名就来镀金的学生还要小一些。哈尔滨是时髦之城，体育院校自身具备的活力，又特别容易使之成为接受新鲜事物的所在。年轻人本身具备的反叛激情和彼时正当红的杰克逊一拍即合。我记得当时学生宿舍里随处可见他的肖像。学生中有些运动员，经常出国比赛或训练，带回了他演出的录影带，我们就兴致勃勃地传看并模仿。那时真是把能搞到的他的演唱会录影看了无数遍。学校里有现成的场馆和现成的艺术体操、舞蹈教师，总有人不厌其烦地示范和讲解杰克逊那些奇妙舞蹈的动作要领。好像那时校园的每个角落，都响着杰克逊的歌声，都有人着迷地练习着那若有魔力的太空舞（我们当时称为"抽筋儿舞"）。为了让自己跳得正宗，我仗着自己还有点儿小时候练过舞蹈的底子，当学校里跳舞最好的学生到我家来玩时，就忍不住"不耻下问"地一遍遍学习。学生肯定是不好意思说我笨，但真是给人家累得够呛。当年时兴的校园舞会，是释放青春激情的地方，也是我们这些住校青年教师消磨时光的地方。常常是，舞会开始，跳"三步四步"时，气氛还平稳正常，待到音响里杰克逊的音符一滑落，就像一根火柴擦过，燃点顷刻到来。

这时，年纪稍长些、刚才还"三步四步"矜持的老教师们就自觉地悄然退场了。我们则开始在几个领舞者的带领下，一起"抽筋儿"。那真是舞会的华彩部分——大家一会儿机械舞，一会儿太空漫步。男孩子们穿着黑夹克，手上戴着护腕，还有那种露出手指的手套，模仿着杰克逊的神情和动作。尤其是，没有任何口令，某个段落一到，彼此就心领神会，步调一致地或左右移动，或开始向后退着跳。因水平高低，舞姿各有千秋，但集体着魔般的情景，青春的摇晃和尖叫，生命力的进发，真让人上瘾——我和一些那时的学生至今保持亦师亦友的良好关系，与我们共同经历了一些事情（包括喜欢杰克逊），有一些共同的精神密码，是深有关联的。

因为我们夫妇都写诗，我家当年还是一小撮诗人聚会的"窝点"。常有喝得东倒西歪的诗人相互搀扶着半夜来访。那时人际关系相对单纯，一句"我是写诗的"就是路条和身份证。当时来得最多的，是加起来才四十几岁的阿橹和肖凌。他俩都瘦高俊朗，热爱诗歌如信仰上帝（阿橹后来竟能沦为杀人犯，连伤几命，让我至今感到困惑和难过）。肖凌家教优良，艺术天赋好，对音乐的感受力尤其丰富细腻。知道我的喜好，当时并没有多少钱的肖凌，曾买来杰克逊和莱昂内尔·里奇的盒带送我做礼物。他到我家来常常是不多说话，两条长腿直奔到当年的双卡录音机前，歪着一头长发的脑袋，一盘一盘地专心听带。他一边听，偶尔还自言自语地评价。我们都叫他"审带的"。

记得我和肖凌、阿橹一起讨论过杰克逊。我们都喜欢他歌声里的纯净和激情（肖凌对于杰克逊，当时已经深为迷恋）。娱乐界歌星在歌声里不倦地关心地球和人类，对我精神和灵魂的震撼，杰克逊是唯一的。黄昏时分，光线柔和，我三楼的家中，窗前一棵老树枝叶婆娑。杰克逊独特的声线，使房间里弥漫着奇异的气氛。这歌声有时柔美灵动，像个没长大的女孩儿，如泣如诉，听得让人心疼；有时高亢激愤，带着利器般的尖锐和颤抖的神经质，让人坐也不是站也不是。听他的歌，特别像中了蛊，血液的流向好像都改变了。那感觉一言半语还真是难以概括。

　　我还记得最初看他录影带的情景，我真是被惊着了！用奇思妙想来形容，简直就是侮辱了他！如此惊世骇俗的视觉奇景，让我一时半会儿竟缓不过神来！那种经验之外的想象力，对我是巨大的冲击。准确地说，看得我一惊一乍，甚至有些毛骨悚然。他怎么想出来的！那些异想天开的制作是怎么完成的！那真是流行音乐的巅峰之作。杰克逊的每一个细胞都与众不同，他就不是这个世界的人！这是一个只能仰视不能抵达的天才。我忘了彼时歌王和我年龄相仿，也不关心他脸上的改造工程和正在逐渐由黑变白。我只知道，这个世界上有这么一个特异之人，用他的歌声和舞姿，用他对于美几近绝境的追求，丰富了我的青春时代。他在遥远的美国，关照了我的内心生活。

　　这些都成为往事了，随着歌王变成更大的传奇，我们的生活也日渐滑向平淡和正常。阿橹被判极刑离世，肖凌如今已是举止沉稳、声名赫然的董事长。而我，则鬓有微霜，已然迈进天凉好个秋的生命段落了。很久不听杰克逊了。他作为一个符号，已逐渐沉淀在心念之中。每每听到关于他的负面新闻，心里都不舒服。我早已在这个世界还他清白之前，认定他的干净。我记得他这么深，是因为和他相关的那些日子，是那么丰饶而值得回味，他是熟稔而陌生的朋友。他的歌声和舞步美丽过我的生命，他的光芒照耀过我的岁月。

现在流行说自闭，天神一样的巨星杰克逊其实才是真正的自闭者。他面向世界，关上了自己的门。这个五岁起就被迫出来卖艺的孩子，从小失去了童年，失去了安全感。父亲的粗暴，种族的歧视，无处不在的陷阱，身边太多的野心、算计、欺骗和背叛——这些生活河流里最险恶的暗礁和险滩，竟无一遗漏地撞击着他的生命之船。这个看上去绚烂至极、以歌唱为生的人，吞咽下了太多的苦楚和辛酸。我看到面对著名的奥普拉"你是不是一个处男"的提问时，他还可以声音轻柔、羞涩却不失优雅地回答"我是一个绅士"。但是，更多的时候，作为公众人物，他无法巧妙或从容地回应。云端之处的心思无法完成和滚滚红尘的对接。他的才华，他谜一样的生活，他的奢侈和华丽，他的肤色和面容，他的孤僻和怪异，他一次次经历的诉讼和难堪，让他成了全世界最大的话题。世界的不负责任，让纯真的他没有隐私，没有退路，茫茫人海，孤独求败。

杰克逊一生痴迷舞台，因为只有在舞台的灯光下，他才是骄傲的王子，是绚烂与光明的统领。歌舞之中，他能让自己释放出无边的能量，具有笼罩一切的迷幻气场。他的每场演唱会都有种让人中毒一般的魔力。上万人如醉如痴，总有激动得晕倒的歌迷被抬出去。而这舞台之神的感觉，能帮助他暂时忘却舞台下的冰冷和黑暗。可演出总是要结束的。舞台之下，发生在他身上的任何小事——他与孩子的亲昵，他不断变形好像就要融化的脸，连他的内衣，他吃过什么，他用过的垃圾，都逃不过别人的追踪和分析，他成了整个世界的消费品。他的生活在没结束时就已经支离破碎了。

现在，那颗负担过重的心脏不再跳动了。谁能想到他也五十岁了！这个骨子里还没长大或者干脆就拒绝生长的孩子，这个被世俗的邪性挤压得身心畸形的歌王，在弥留之际，以呼救的方式，和这个世界做最后的诀别。五岁登台，五十岁谢幕，这真像是一则寓言。

当我从视频上看到他那座著名的梦幻乐园，看到了那兀自旋转的木马，心中一阵酸楚。大孩子杰克逊花巨资为自己修建城堡，不过是想用倒退的舞步，退回到那个被高价卖掉的童年。心思一直停留在孩童时代的歌王，想坐在旋转马车上，拾捡起自己破碎的童年之梦。他真是个孩子，居然想打捞起失落的生命段落，而后一边尽情地玩乐，一边无邪地大笑，把自己变成万花筒里的一部分，美得耀眼动人。这是多么让人心酸的企图，当然小心易碎。天真的杰克逊，又一次把梦想放错了地方。这个心机深重、怀有太多窥探热情的世俗世界，永远是烂人无数。那些习惯于查点钞票或指指点点的手，能托住你瓷器一样娇贵的美梦吗？

在因为娈童案受审时，他是那么无助和无奈，他声音轻柔地说：

> 耶稣说过要爱孩子们，并且像孩子那样年轻、天真，如孩子般纯洁、正直。他是在对其使徒说这些的。耶稣的信徒争论他们之中谁是最伟大的。耶稣说只要你们中间谁像孩子一样本真，就是最伟大的。耶稣总是被孩子环绕。我是在这样的熏陶下长大的，我秉持这样的信仰，并那样行事，模仿（耶稣）那样的行为。

看到这里的时候，我流下了眼泪。纯洁和明亮，就像一块洁白的台布，哪怕是一根最小的脏手指，戳在上面，也会留下难看的污渍。

我又一次想起20世纪80年代那所体育学院的年轻师生们。我们当时迷恋自己心中的偶像，那么羡慕他！其实，和偶像相比，某些意义上，我们这些草民倒可以说是幸运的。我们可以稀松平常地生活，缺少光彩但不乏自由；我们不用包裹着自己，墨镜遮脸，戴着面具出行，因为没有谁非要认出我们；我们可以在街头小馆开怀畅饮，也可以在公园的长椅上静坐一天，没有巨额财产，不必担心有谁惦记盘算；我们可以儿女绕膝，家长里短，在失去了偶像的世界里，继续看着世上的各种热闹……

迈克尔·杰克逊不要我们了。他不用再整容了，不用再证明自己的清白了，也不用再应付各种各样的算计和诉讼、解释皮肤的颜色和手术的部位了。再没有各式各样心思叵测的询问了，再没有龌龊和不堪的缠绕了。现在，全世界的歌迷在为他流泪，公认他为世界历史上最成功的艺术家！他一生为世界和平、为人类、为天下的孩子唱得最多，做得最多。他一个人支持了世界上三十九个慈善救助基金会，保持着吉尼斯世界个人慈善纪录。而这个最有慈悲心肠的天才，也承受了最大的委屈和糟蹋。

网上说当年告他的那个孩子，终于良心发现道出了实情。一场为了钱的诬告。一切都太晚了！为了捏造的娈童案，最为羞怯敏感的他，完美主义者杰克逊，在全世界的电视转播中，一遍遍出庭受审，无辜又无奈，颜面尽失。那颗高贵敏感的心，为了一个假象，饱受最真实的摧残和屈辱。谎言是澄清了，可被痛苦熬煎、被伤害扭曲的一代天王，早被来势凶猛的恶意彻底地摧毁了！

恐惧和寂寞，忧伤和抑郁，落幕了。

我们，这些受过他艺术滋养的人，帮不上他；他用童心和歌声抚摩的这个世界，对不住他。我想，我至少要对他说一声"谢谢"。亲爱的杰克逊，因为你的存在，让我确信，这世界确实有天使来临。悲哀的是，满面尘垢的人们，天使就在身边，却往往认不出来。

爱他的人、喜欢他的人，都希望他去的地方真的叫作天堂。可我还是忍不住说出自己心头的担忧：如果真是差不多的人都去了天堂，那岂不是这个世俗世界的整体上移？那被伤害至深、孤寂忧伤已经透入骨髓的他，真的就有了安全感，真的就不再寂寞了吗？

不知道。

黑孩子杰克逊，他来到这个世界的时候，曾拥有世上最深的肤色。五十年后，当他带着忧伤和遗憾、带着手术刀多次留下的痕迹离开的时候，他的脸，已经白得像一块要去包扎伤口的纱布，像一支默默流泪的蜡烛，像一张褪尽字迹的薄纸，像一片伤心游走的白云……

迈克尔·杰克逊，安慰过我们的天使，愿你安魂。

发　呆

　　诗人邹静之是我的朋友。我们通电话，他告诉我，
最近常坐在马路边上发呆，看来来往往的人群。电话的
那头，静之看不见我的微笑，却能懂得我的心领神会。
我想象着，在北京车水马龙的大街上，一个额头宽阔的
诗人坐在马路牙子上，正痴望着人群。没有人知道他是
谁。那些过往的男女老少，未必有几个读过他的诗，却
肯定有许多人看过他写的戏。他们作为观众，曾经或正
在被他笔下的人物弄得牵肠挂肚。他们却不知道，这个
优秀的诗人，著名的剧作家，北京城里最会写故事的人，
这个眉头一皱，就让康熙皇帝在自己笔下东游西走的人，
其实是多么寂寞。大才子，甚至"中国第一编剧"这样
的美誉，对诗人邹静之来说，就如从身边吹过的轻风。
此时，他怅然地坐在北京某一条马路边上，看滚滚红尘
之中的人此来彼往。在一场就像在进行直播的人间情景
长剧中，发呆的诗人，此时正扮演着他自己。

　　发呆是一种特别有趣的事。除去弱智和痴呆者那种
让人看了难过的呆头呆脑外，智者的发呆，犹如一棵大

树倏然收住风中摇曳的声响，进入了对天地聆听的状态。这是茶叶沉入杯底的安宁，是在苍茫气韵的笼罩下，灵魂的飘然出巡，是云卷云舒前那一阵心神的聚拢和停顿。

如果你留意，小孩子有时会呈现一种极为可爱的发呆状态。那呆呆的神情和自然流露的无邪和纯真，那像是没有来由却极为由衷、如花朵绽放般的笑容，往往会让成人坚硬的眼神一瞬间变得柔软和疼惜。天使这样招人怜爱，因为生性无邪，举止自然，丝毫没有那种故意的装扮。

穷人也常发呆。在黑龙江开往最北方向的一列火车上，坐在我对面一个农民模样的中年男子忽然发现已经坐过了站。立刻，他惶惶然一头汗水。而在此之前，他一直半张着嘴，呆呆地坐着，就像是被谁戳在座位上的一尊泥塑。草根阶层的平民百姓有太多的忧愁和焦虑，生活中有太多的塌陷和补丁，他们是不知不觉就要发呆啊。记得我的一个来自乡下的同学说，从小到大，她对父亲最深的记忆，就是那双被穷困折磨得近于呆滞的目光。当听到父亲去世的消息时，本是噩耗，她的第一个感觉竟是松了一口气——那个几乎不会笑了的父亲，一生都在为还债焦虑，外人眼里呆头呆脑的父亲，再也不用为这个穷家发愁了。同学噙着泪水告诉我的这几句话，当时曾强烈地震撼了我。

诗人们自然是更容易发呆的。

1999 年，我们一群女诗人去台湾访问。我就发现，我的好朋友傅天琳经常神情恍惚。她坐在那里静默的样子就像一个很小的女孩儿。在阿里山上，她呆呆地望着那郁郁葱葱的山林，好像她到这里就是来发愣的。天琳的眼睛很漂亮，当她如此痴望时，那眼睛就好像更大也更深远了。这个从缙云山走出来的女子，此刻，一定是有什么触动了她敏感的心。晚上，我俩在山上小茶馆喝茶时，她又一次陷进了那种呆呆的状态，一句话也不说，就那么坐着。夜越来越深，她渐渐低下头去。我还以为她困了，推她一下，一抬头，我看到了满脸泪水。

后来，她告诉我，阿里山上，满山青翠让她想到了死去的父亲，想到了她经历的一些苦涩的事情。她忘了周围是什么，只是沉浸在自己的心事里，掉进了无边无际的忧伤和迷茫。善良的天琳，我只要一想到她那软弱的、恍惚懵懂的样子，就特别牵挂她。

我知道这世上有些人是永远也不发呆的。他们目光犀利，他们神采飞扬，他们精明强干，他们顾盼自如。在人生的舞台上，这些人已然是如鱼得水，意气风发，所向披靡；他们目标明确，是坚持对自己严格要求的人；他们习惯了永不懈怠，游刃有余，唯恐稍有疏忽，就会带来不利；他们周旋于滚滚尘埃之中，警觉机敏，甚至是不允许自己发呆的。

而此刻，远在重庆的天琳，还有正坐在北京某条马路边上的静之，我想和你们说一句："继续发呆吧。在你们的背后，除了重庆的月色和北京的风，还有我遥远的欣赏或者说默契的目光。"

望　云

一位朋友打来电话："你干什么呢?""待着呢。"我如实相告。一会儿电话又响了："你到底在干什么? 这么半天才来接电话!"我在干什么, 我在看天上的云朵。我靠在窗前, 久久地望着一朵去远了的云, 已看痴了过去。我不愿意这时接什么电话, 就对着话筒说："对不起, 我现在有事。""你有什么事?"我终于听清了那温暖的声音是妈妈, 就一下放松了, 就说："好, 我在看云呢!"母亲太了解这个从小就怪里怪气的女儿了。她交代了我几句就说："你看吧, 别忘了接孩子。"

可我再看不下去了。我顺着妈妈的声音飘进时间隧道, 回到了最初看云的岁月——

我从小对天空充满了崇拜和敬畏。那时我是个安静、瘦弱的小女孩。像一枚草叶的我好像比现在更深沉, 总像有心事的样子。我常常静静地坐在我的小凳子上, 仰着头默默看云。那是多么洁白、柔软的云朵, 它们的姿影怎么会那么美丽。它们会走路, 也会别的吗? 我牵挂、眷恋那些云朵, 总觉得它们和我一样, 是人类的另一种。它们静静地飘动在我的童年, 还是孩子的我形容不出那种曳动的、纯净的美, 却有一种深深的感动。我觉得它们不会是无缘无故地从这里经过，每一块云朵的飘逝都让我有一种惆怅。"它们走了。"我从那体味了人生最初的无奈和忧伤。我成为母亲后，发现孩子确实有孩子的忧伤。一个目光清澈的孩子的忧伤是非常令人心疼的，又往往是大人们看不见的。

七岁时，我在一个夏天的晚上，看到天空出现了彩色的云。那是以深红为主要色彩的云朵，还有几抹橘子皮那样的黄。它们在一起组成了一种好看而奇怪的图案。我呆住了。我觉得天要说话了，就要出什么事了。我就跑了进去，告诉了爸爸和妈妈。他们出来站了一会儿说我是在做梦，是幻想。我妈还说你以后不要把幻想和事实搅到一起，还说一个人一定要诚实。没有人相信我，他们还为此叹了口气（成年后这件事还常被作为我胡思乱想的凭证，被屡屡提起）。我渐渐把这件事藏在心底，不愿再和别人说起。

很多年后，在又一个夏天的晚上，我把这件事告诉了一个男同学。他说，我信。那一瞬间我受到的震动竟和七岁那年晚上一样。我的双眼一下装满了泪水，又一次感到有什么事要发生了。这后来发生的事就是我嫁给了这个人——这个相信我诚实的人。或者说看重我胡思乱想的人。

上学后，老师在常识课上对云的解释，远远不能满足我的期待。尤其当她说其实不是云彩在走时，我是那么失望。我站起来，提出了古怪的问题。老师慈爱地望着我笑了："傻孩子，你应该相信科学。"我原谅了老师，因为我爱她。可我从那时起就开始坚信：这世界上不只有科学。

十五岁我下乡了，在五七干校当了个欢天喜地的新农民。广阔的原野、新鲜的空气和各种各样的农活儿最初简直是把我吸引了。我热爱劳动，热爱天地之间的那种广阔，热爱那冲刷一切的雨水。我坐在牛车上去给工地的战友送饭，自己仰脸看天不够，还煽动别人看。结果那车翻到了沟里，每个人都洒了一身豆腐。由于我下乡的时间太短，所以，对那段生活的回忆，远不如真正的知青那么沉重悲怆。我只记得，我一生中只有那个时候吃饭最香，只有那个时候，能躺在温暖的麦秸垛上看云，呼吸着麦秸那种温暖清香的气息，看云飞云走，身体的疲劳，现实生活中的迷茫，在那一刻得到了缓解。当年和我在一个干校的许多知青记得，十一连有个年龄最小的女孩子，总爱仰着脸朝天看，他们奇怪，那个又瘦又小的她，在看什么？

看云。

就觉得那云朵是我心灵的亲人。尽管我当时尚未意识到内心那种情感就是失落和痛苦。那可望而不可即的云朵成了永远的慰藉和向往。

我开始注意暴风雨前的天空。那迅速聚集的云朵像是听到家族首领的号令，一扫温文尔雅，变得凌厉而暴躁。它们翻滚着，扭动着，一副要清算一切的样子。那是温柔变成的愤怒，所以有难以估量的力量。它令人害怕，又给人一种震动。它对人有一种压迫，又像有一种召唤。在这时候，我非常想靠在一个坚实的肩头，或许就是这样，我长成了女人。

我就在这不断的仰望中，像一棵树那样，渐渐飘落了青春的叶子。

如今，看惯了橱窗、广告，看惯了街市上的嘈杂拥挤，看惯了一张张充满了欲望的面孔，看惯了滚滚红尘，再轻轻抬头看那天边的云，它的单纯轻盈，它的洁净悠远，它的温柔恬淡，已经有了一种哲学情思，成为一种境界。它把人一下提纯了。你就觉得那天空是你的心灵，云朵正从你受了伤害的心头拂过。它关怀你、疼爱你、指引你。它从不许诺却永不背叛，它不留痕迹却情意绵长。你就这样一下抖落世俗的尘埃，重又干干净净了。对天空、对云朵的仰望，已成为我生活中的一种支撑。

曾有人嘲弄过我："诗人就会整天想那些虚无缥缈的事，云了雾了，精神病！我就最看不上写诗的！"这的确是位从不想虚无缥缈事的人。记得一次去野游，在大自然的怀抱里，大家那疲惫的心好像重新抽出了嫩绿的枝芽，玩儿着、笑着。唯有他，下了车就大吃一顿，而后倒在面包车里一直睡到往回去的时候。身边的湖光山色尚且全然不看，更不要说那高远的天空了。

一次在我同学的家里，说起了我喜欢看云。我同学的父亲——一位满头白发的老人，目光奇异地望了望我，而后缓缓地说："我也愿意看云，就是我这辈子看得太少了。"这是一位学问渊博、沉默寡言的老人。这个当年风流倜傥的江南才子，竟有几乎半生的时间，在中国北方一所寒冷、粗糙的监狱里度过。当一个人蒙受不白之冤、忍辱负重活在四壁黑暗的囚室里，那自由的云朵对他意味着什么？他以为会为他奔走的朋友，早已划清了界线；他期待尽早来临的昭雪，也遥遥无期。他沦陷在彻底的孤独中、坚硬的生活里，只有那轻盈的云朵，在他最沉重的时刻，默默守望着他。他把它们幻化成妻子和女儿的面容，把它读作远方的书信，把它看成活下去的指望。就在那空对苍天的岁月，一个举止昂扬的青年变成了行动迟缓的老者，一个曾以侃侃而谈为职业的人，变成了一个沉默寡言的人。除了云朵和风，还有谁知道他那些年的心事？沉重的云朵，你不声不响，却成了悲凉人生的见证。

如今这位老人，正在女儿家安度晚年。他平淡地对待舒适或者不舒适。用他女儿的话来说，我爸从来不抱怨什么，他不会抱怨了。他常带着小外孙去太阳岛，当孩子在那沙滩上尽情玩耍时，他就一声不响地去捡起游人扔下的果皮纸屑空酒瓶。他想让那些在沙滩上享受太阳和风的人，有一片干净的沙滩。累了，他就坐在江边，默默地看江水，看天上的云。

这个老人真实的故事，深深打动了我。使我对云朵浮浅的眷恋中，又掺进了一种苦涩。再望那云时，有了一种醒悟：学会仰望的同时，也该有俯瞰的能力。

说来有趣，天性里的东西，它也会遗传。我的女儿正在不知不觉间越来越像我。

去年秋天，我带女儿坐出租车去办事，中央大街上，车子稳稳地开着。忽然女儿一拽我，指着车窗急促地说："妈妈你看!"我和年轻的司机都吓了一跳，不知该看什么。女儿陶醉地望着车窗外的天空说："你看那云彩多漂亮!"我和司机都笑了。我们受了这十岁小人儿的感染，情不自禁地向天空望去，车速明显地减慢了。

那云彩真是出奇地漂亮。一朵一朵的白云叠在一起，极有质感，像是一座奇异壮丽的雪山，茸茸的，又像是一千只天鹅的翅膀，而它的背景，是那湛蓝的、湖水一样的天空。这是经典的北方秋天的天空，它纤尘不染、高远明净。它的美丽辐射出一种气蕴，我们好像看到了人类最初的天空。

"我天天开车，就没想起来看。别说，真漂亮。"年轻司机一边慨叹，一边回头赞赏地看了看我女儿。车内的气氛一下变得融洽、亲切，我们的车就在这蓝天白云下，优雅地行驶着。

下车时，司机居然想不收钱。我谢绝后，他由衷地说："小朋友，叔叔真愿拉你。"他热情地留下传呼号码，说有事找他。云朵，居然成了我们和这陌生司机的一种默契。

那天回到家里，我翻箱倒柜找一张底片，那是我好几年前拍的云朵。尽管那柔软的、飘动的、蓬松的云变成照片后，已失去了那种生动和韵味。但那毕竟还是云。

我想冲洗放大后，送给那位老人，也送女儿一张。可惜无论如何找不到。我坐在一堆乱七八糟中，忽然心有所动：这是天意。美好的东西不能复制，它埋伏在你心灵最深的地方。你只要用心去感念着它，让它长久地照耀着每一个平常的日子……

雪花飞舞事与人

我是一个这样的人——对冬天、对大雪，有说不出的感情。一到下雪的日子，心情就混沌起来，说不出是舒畅还是怅惘。心变成了最薄的瓷器，被片片雪花所碰响。常常，我会默默地、长久地望着这充满神性的特殊的花朵，陷进一种很深的冥想里面，一种感动和温暖渐渐升起。从前的经历、逝去的往事、远方的友人、奇异的联想，都随着那轻盈的雪花扑面而来了。

想起一个小学同学

她的名字就在我的嘴边，我不愿说出自有道理。那天，望着窗外的第一阵雪，我一下就想起了她。在没有她的世界里，我还能在看雪。百感交集。小学时，她是一个特殊的女生，她家是开理发店的，一天到晚乱哄哄的总有许多人。在20世纪60年代之初，很少有不用功、爱骂人的女孩子，她却是。她的粗鲁使我们都不太喜欢她，平时玩儿也不在一起。那些淘气的男生都愿意和她打架。

有一天，下课了，我跑到操场上，被正在飘飘洒洒的大雪给迷住了。我就仰起头，一边看雪，一边伸出舌头去接雪花。

她来了，看到我的样子，问，你吃过雪吗？我摇摇头。只见她弯下腰，用手团起一个雪球，大口吃起来，而后挑战般地问我，你敢吗？我摇摇头。她说，我还吃过雹子，吃过房檐下的冰溜子。见我那副被震住的样子，她又接着说，我还吃过纸，连牛皮纸我都敢吃。你呢？她那居高临下的神情今天我还记得。

后来上课了，整个一堂课我都没听进去。我不时偷偷望她一眼，觉得她其实不像我们平时认为的那样不好。她身上有奇异的东西，她可能是个勇敢的人。我还联想到那些当着敌人的面把情报吞咽下去的革命烈士，我想，她也能。

又有一次，我上少年宫演出回来，还没卸妆，一上楼撞见了她。她问我，你在台上害怕不？我说不怕。她叹了一口气说，其实我也挺爱唱歌的。那正是诚实的年龄，我就说，你唱歌不好听。她凶狠地望了我一眼说，那是我装的。我当然不信，因为我们都知道她的声音。再说有什么必要装着唱歌难听呢？我有些疑惑。长大后我才懂得，她其实是在为自己遮掩。像所有孩子一样，她也想有一个丰富多彩的少年。

就是一个这样的同学，因为气味不相投，还没等长大我就把她忘了。可后来，偏偏她一次一次地以新闻人物出现，每次碰到她的名字都是触目惊心。在"文革"那种动荡不安的岁月里，她先是学坏了，被公安部门拉着游过街，被劳教、关押过。有同学见过刚释放回来的她。她变了一个人，当年的粗鲁和豪气全没了。她老了，嗓子更粗哑了，人也憔悴了。她在大街上碰到我们的一个同学，眼含热泪说，我一辈子过得最好的日子就是小学，咱班同学多好啊！她挨个打听我们。她想洗心革面，过一个女人平静的日子，就嫁给了乡下一个农民。没想到人家最后知道底细，不要她了。走投无路的她，刚烈地吞钉自杀了。

一个冬天的下午，雪飘阵阵，我们几个小学同学在一起吃火锅。说起她的名字，忍不住唏嘘感叹。大家说为她喝杯酒吧，火忽然就灭了。我们面面相觑，一个同学幽幽地说，她想咱们了。

想起我和我的"绿窝头"

我小的时候，自己说了不算，一切得听命于家长。我的母亲一生坚持高标准审美，从穿衣戴帽到厨房的锅碗餐具，都到了讲究得可以的程度，她总是把我们打扮得引人注目。从幼儿园，我就开始在穿戴上体现母亲不凡的眼光。记得我的操行评语上曾比别的孩子多一条——仪容出众。长大后当年的伙伴见到我是那么朴素普通，都忍不住回忆一下说：小时候你可真……

有一年冬天，妈妈为我和妹妹做了一个绿色的毛茸茸的大尖帽子。这种帽子只见过画报上的外国孩子戴过，顶端尖尖的，还带一个白色的大绒球。我和妹妹相差不到两岁，个子一般高，模样相近，又同在一所学校。早晨，我们姐儿俩走在上学的路上，都戴一顶在雪地中分外显眼的帽子，连行人都在看，说这是一对孪生姐妹，真漂亮云云。

　　我的这顶帽子给我们班那些爱给别人起外号的男生带来了灵感，他们管我叫"绿窝头"。这当年让我深以为辱、怒不可遏的外号现在想起来还真挺形象。那帽子确实像一个夸张的窝头。在我的同学都戴着样式普通的风雪帽时，我的帽子确实太特殊了。记得那时我上学之前总要犹豫一下，一想到那些讨厌的男生，我真想不戴这帽子。可妈妈不让。她说，你想让耳朵掉下来吗？那时的冬天可真冷，不戴帽子就等于是不要耳朵了。于是我就戴着这顶我并不喜欢的帽子上学去了。有一次，一个男生在我后边刚说了一个"绿"字，我使劲一回头，愤怒地盯住他。他讪讪地笑着说，还不让说绿了？接着他就胡乱造起句来，绿草绿地一连串绿。我当时想，我不会再和这样的人说话了。时隔多年，当我变为了成年人之后，我在一家医院的门前见到了这位同学。他来看病。他已经是疲惫不堪的中年人了。我询问了他的病情，他一一告诉我。待到就要道别分手时，他的脸上忽然露出了一抹灿烂的笑容。他说，你还记得你的那顶帽子吗？我刚要声讨他，他居然带着无限神往的神情说，那时候多天真，起一个外号兴奋好几天。我到现在还记得你那顶帽子，大白球一甩一甩的，多好玩儿啊！

　　我无言。

想起卖糖炒栗子的人

从前，哈尔滨的冬天特别像冬天，嘎嘎冷。我们都穿得圆圆滚滚的，像五颜六色的糖球。

那时的雪，经常一片一片地下。下得急的时候，就像一阵热烈的掌声。羽毛一样的雪，一会儿就覆盖了整座城市。走在这样的街道上，就像做梦一样。那梦里一个重要人物，就是卖糖炒栗子的人。

卖栗子的都是在街上支一口大锅。卖主拿着铁锹，站在大锅前翻来炒去。天太冷，卖栗子的人脚穿那种长及膝盖的毡靴（俗称毡疙瘩），有的戴狗皮帽子，有的戴一顶棉帽。热气、雪花，使他们的眉毛、头发、胡子上都是一层白霜，就像圣诞老人一样。晚上，他们点一盏瓦斯灯，在飘着雪花的街头，瓦斯灯的小火苗一蹿一蹿的。卖栗子的人，袖手站在灯后，左右跺着脚，就像从童话中走出的人。凛冽的冬天，于是添了几许香与暖。

有一天晚上，全家都想吃栗子。我征得爸妈同意后，拿了五毛钱向卖栗子的飞奔而去。站在那口正在冒热气的大锅前，我一伸手，糟糕，钱没了。当时的沮丧真是无法形容。正转身要走，卖栗子的大伯叫住了我：哪能空手走呢，来，装上！我说钱丢了。他哈哈笑了几声，说，钱丢了照样吃栗子！说声谢谢就中。我把又香又甜的栗子捧回家，向大人说了原委。爸爸连忙出门去给卖栗子的人送钱。回来时，爸爸又点头又摇头的，说这个卖栗子的是个山东人，又仁义又犟，钱说啥不要，说买的是买的，送的就是送的。

以后，等我再见到那个卖栗子的大伯，他已经不认识我了。他还是用那山东话吆喝着——新出锅的糖炒栗子，香死个人哎！

现在哈尔滨的冬天不那么冷了，穿毡靴的早绝迹了。冬天虽然还是有卖糖炒栗子的，我却常常连看一下的兴致都没有。在火苗一闪一烁的灯下高声叫卖，钱丢了说声谢谢照样吃栗子，那是从前的事了。

想起一个风雪之夜

1972 年的冬天。我下乡在某五七干校四营十一连。

那时我们正在挖水线，每天扛着铁锹或大镐，来回走十几里地，战天斗地炼红心。数九寒天，土地冻得硬邦邦的，大镐下去就是一个小印儿。我们经常干得满头是汗。出工下工，一路红旗飘飘，总有人在队伍最前面手捧着主席像。毛主席挥手我前进，这很正常。

我们连总举着的那个主席像是薄铁的（演出时，我们偷着拿它做过暴风雨之前打雷的音响），上面是毛主席去安源。毛泽东同志在这张画像上年轻、英俊，又是走路的姿势，与我们的出工下工，挺配套的。

有一天收工回来后，吃过晚饭，各排战评后全连紧急集合，重要的事发生了。

原来，今天大家干得太累了，一听收工令下，饿得支持不住了。负责举主席像的那个班，也忘了自己的神圣职责。现在，我们都回来了，而那个领我们前进的主席像，正孤零零地躺在去安源的路上。

我们紧张地听连首长训话。

啊（第二声）！太不像话了！伟大领袖毛主席，他老人家，把我们从水深火热中解放出来，一切都是为了人民。啊！我们却把他老人家的光辉形象忘在荒郊野地里！啊！看看外面这风（此时大风就像电影里的音响效果一样，极为配合地呼啸而过）！想一想吧，同志们，我们还能不能这么安心地吃饭、睡觉，我们还怎么对得起他老人家……说到此处，首长哽咽了。

全连静寂。那一瞬，我们全觉得自己错了。当天负责举主席像的那个班，羞愧难当。是啊，我们简直就是忘恩负义。当连首长宣布全连马上出发，说要"敬请毛主席回营房时"，我们心服口服。

那一夜我们步伐整齐，本来一个个已疲惫不堪，但因为是在做一件重要的、神圣的、赎罪的事，所以困意全无。踏着雪夜的月光，一连人马向白鱼泡畔夜行。一路上，天高野阔，北风呼啸。和这么多人在寂静的冬夜行进，我有种莫名其妙的兴奋。后边的一个女生悄悄指给我看，说远处那亮闪闪的就是鬼火。她还告诉我，这一带有狼。鬼火闪闪，道路漫漫。开始我们还歌声、口令不断，等找到冻土掩映之中的毛主席他老人家，心中的负担没了，紧张和庄严感也一下消失了。队伍开始放松，有些人甚至接近于放肆。前面虽然还是红旗引路，后面却变成了集体散步。学狼叫的，说笑话的，东倒西歪的，如果不是连长或指导员严肃的目光，我们简直忘了是来干什么的。临近营房时，重新整队，才发现少了两个女孩子——原来，一个女孩子体弱多病，本想请假，又怕让人说有思想问题，强挺着，终于支持不住，掉队了。和她要好的另一个女生宁肯受批评，也不愿背叛友谊，正陪着她一步一步往回挪。

连长指派几个强壮的男生去接她们。当这两个女孩子被找到的时候，她们正在茫茫荒野里抱在一起痛哭，她们看见了狼。

想一想真是后怕，如果不是及时发现了她们，那个荒唐的夜晚，在我们敬请伟人回营房的时候，我们的两个伙伴，就会被狼吃了。

想起喜儿

我记不清看了多少遍电影版的舞剧《白毛女》。样板戏的年月里，喜儿比方海珍、柯湘她们，更具美感，更牵动我的心。尤其它又是我喜欢的芭蕾。

一个多美好的形象，年轻、漂亮，喜欢扎红头绳，会剪窗花，她有自己的大春哥，一份自己的爱情。

初看《白毛女》时，当苦命的喜儿扑在含冤而死的杨白劳身上，悲痛的双肩一起一伏时，我的心疼得一紧一紧的。我忘了自己是在看戏，喜儿用肢体倾诉她的悲愤，我用心分担着她的痛楚。

喜儿被黄世仁这不是人的狗东西霸占了。喜儿逃进了深山，常年的野外生活使喜儿变成了让人惊骇的"白毛仙姑"。

这是奇峰突起的塑造。

追光下，一头白发的喜儿出现在舞台上，我被那种难以形容的凄凉之美抓住了。破烂的衣衫，满头月光一样的白发。当"风雪漫天，喜儿在深山……"忧伤的旋律缓缓响起时，泪水顺着我的脸流淌得无法控制。喜儿啊，我知道你恨难消，仇无边……我知道风雪再大也没有你的冤仇大。我知道你的坚贞和纯洁。我看着银幕上舞蹈的喜儿，竟觉得她像是我的一个遥远的姐妹。

有一个从小和我一起学舞蹈的女孩，清秀纤巧，安静羞怯得像一枚树叶。她长得并不多漂亮，可往人群里一站，却总是最引人注目。我当时不知什么叫清水出芙蓉，她身上就是那样一种出众的气质。她虽然也参加了一个宣传队，却因为家庭出身不好，一直没让她上台。后来，不知为什么，又让她演出了。

那是一次文艺会演。她独舞，正好是跳"风雪漫天"那一段。音乐一起，她无声地移动脚步，那种轻盈优美，就像一棵小桦树舞动在台上。她跳得太好了，整个人都沉浸在音乐和舞蹈之中，一种深深的凄迷之美从她白皙的手臂和伤感的目光中散发出来，观众看得屏息静气。我觉得，她的表情比剧情的要求还悲痛，还丰富，跳到"恨难消，仇无边，心潮汹涌如浪翻"时，她已情难自禁，泪如雨下了。忽然，观众哗然，她昏倒在舞台上了。

原来，她也遇到了黄世仁。这个黄世仁出身贫农，是当时的工宣队长。两个喜儿，都有自己的风雪之夜，都为命运泪流满面。

想起豹子头林冲

重义气，爱宝刀，八十万禁军枪棒教头，与美貌妻子互敬互爱的林冲，是我少年时代看《水浒》最为心仪的英雄。记得有一次我问丈夫，我为什么老能想起林冲呢？

英雄嘛。他说。

这种回答无法让我满意，英雄多了。

是他身上那种秋色深重的悲剧特质？

是他那种切入骨髓的孤寂？

真是说不清。

我父亲喜欢京剧。少年、青年时看李少春的林冲，那唱念做打，至今记忆犹新。父亲说，那演的真是林冲，阳刚之气，满台生辉，看得人胸胆开张。

脸上刺着字，心里流着血，男人林冲用枪挑着酒葫芦，正走在从小酒店归来的路上，隐痛弥漫在风雪之夜，他的心事何等苍茫啊。

英雄中了小人的奸计，英雄无罪而被发配。前程未卜，爱妻难见，自尊与刚强，牵挂与担忧，愤懑与抑郁，全在那一夜之间化作了漫天大雪。

那天的雪真是太大了。大到压塌了林冲的草屋，使他不得不躲到古庙里。他还不知道，这是命运的一个手势，他因此听到了一桩血腥的诡计。于是英雄一枪一个，杀死三个贼子，无奈之中，上了梁山。逼上梁山的"逼"字用得真是好，悲愤决绝，尽在其中了。

《水浒》中的好汉，诸多是泥沙俱下的英雄。林冲不是。他没有宋江的心计，没有李逵的粗糙，也不像武松那么冲动。他须眉正气，侠骨柔肠，有胆有心。他有一种人生猛醒后的苍凉，是潸然泪下的豪杰，是仰天长叹的英雄。

从宋代到如今，一千年的冬天过去了。一个小说里的人物，竟家喻户晓。夜奔的林冲，那行深深的、宋朝的脚印，总能在我眼前的雪地上出现。

人事茫茫，岁月茫茫，今夜，又是一场大雪茫茫。

想起两个变成了雪花的孩子

几年前腊月底的某天，我工作的那个大院里，像以往一样静谧。

一个女编辑的小女孩儿正在院里玩耍，忽然看见从旁边的家属楼上掉下来一个什么东西。她看了一下，像是个大玩具娃娃。她太小了，还不知道有坠楼这样的事情。她更不知道，那飘然落下的，正是她幼儿园的小伙伴。她就天真地跑进去，对妈妈说，一个娃娃从楼上掉下来了，穿红衣服的。

东北的冬天，谁会在腊月开窗？什么样的娃娃会从那么高的楼上掉下来呢？

待大人们赶到，把坠楼的小女孩送到医院，孩子已经死了。

她是被一双大人的手推下去的。

这双手和这个世界的肮脏、和成人邪恶的心计、和许多卑鄙的因素相连，无辜的孩子成了牺牲品。发生的一切如无声电影一样，真实却让人恍然。

记得出事后不久，我见到了孩子的母亲。她穿着深色衣服，在马路的边上悄然走着。她的脸像一张白纸，目光空洞而遥远。我不敢和她说什么，我知道这个双手捧土埋葬了小女儿的女人，她的心头，有一块终年积雪的地方。

今年冬天，又一桩由报纸披露的新闻，使全城人的心紧了一下。一个十岁的小男孩，因为绝望，用一条毛巾，在家自尽了。原因其实很简单，孩子的妈妈与老师有一些小摩擦，她们都没有顾及孩子的自尊和安全感，她们相互都觉得自己有理。没有想到眼皮下这个孩子只有十岁，他的承受能力是有限的。家、学校，这一条线的两端之间，孩子站在绝望的钢丝上。幼小的他，想到用减法结束这一切。

报纸想唤醒人们的良知，连续报道着这件事。从小男孩生前的懂事，到孩子出殡那天令人心碎的场面。知名的学者、激动的读者，纷纷发表自己的见解。人们泪水涟涟地读报，或议论或愤慨，许多妈妈都情不自禁地抱紧胸前的孩子。一位母亲告诉我，她从报上看到这消息后，心疼得直抽。晚上，看着自己熟睡的也是十岁的孩子，她感到脊背发凉。这么小的孩子，居然知道自杀了，多么可怕！她一遍遍亲吻熟睡中的孩子，以至孩子猛然惊醒：妈妈，是我梦见你了还是真是你？

两个天真无邪的孩子，两粒鲜草莓一样的生命，都枯萎在冬天。这让人不由轻轻战栗。想到这世上不知还有多少孩子，生命的乐章刚刚弹响优美的前奏，就被粗暴地打断了。一切还没开始，就结束了。这个世界上的流云、夜晚的星光、快乐的游戏、食物香甜的气味、芬芳的水果、甜美的冰激凌、活泼的小动物，小孩子们喜欢的一切，从此都不再属于他们了。我们这些有罪的大人。

稚气的孩子，变成了伤心的雪花，在他们还未及认识就遭伤害的世界上，飘着飘着，消逝了……

想起远方的朋友

雪，下着。这是时光走动的频率。这样的时候，常常是情不自禁，就想起远方的友人。朋友原本就不多，轻轻一想，全在心上。朋友又不是雪，怎么一到下雪的时候，就格外思念他们呢？

想起他或她亲切的容貌——我的朋友们或额头高洁，或目光温和，都是善良和自尊的人。和他们相识，真是我的幸运。我望着窗外的雪，想起与他们的交往中那些有趣的往事，他们的声音，习惯的动作，他们的毛病，可爱的、与众不同的地方。比如有一个人总是想冲着太阳打个喷嚏，找不到太阳时，他就找灯。

想起那个远在异国的人。说她是知己，每一个笔画都正确。一生中几乎知道我全部心事、分担我喜乐哀愁的人。她住的地方四季如春，连偶尔天阴一回都让她兴奋。她生活优越却不快乐。在从不下雪的地方，她也不向别人轻易吐露心中的忧伤。她和我一样，爱雪。少年时代，我们经常站在冬天的松花江边，一言不发地看雪花飞舞。别人曾奇怪，两个女孩子怎么会有那么深的友谊。说实话，我们自己也奇怪。如今，在地球的两端，我们相互牵挂。这种牵挂，是永远。

想起一阵美好的歌声。唱歌的人，站在一片烟波浩渺的湖边。风吹起他的头发，他轻抬双臂，歌声如金属落地，又如水袖飞扬。一曲"今夜无人入睡"，把那灰色的夜晚变成了歌剧里的一幕，风声和月色，圣洁而悠远。

想起在南方的一个小城。安静的酒吧里，我与一人对坐。两杯绿茶，泡着一个温暖的夜晚。说到诗歌和人生，我们竟是那么默契。我面前的这个人，宽厚善良，说话的声音沉着好听。我当时想，要是从没听过一个这样的人对你这样说话，那会是怎样的一种遗憾。

想起一双秀美的手，这双手为我缝过漂亮的长裙。这是一双职业画家的手，本来可以创造出许多意境超俗的画面，可这双手现在最为经常做的事，是为久病的丈夫端水拿药，侍奉那个越来越乖张的病人，拉扯正在成长中的孩子。这双手在残酷的命运面前弱而无力，它要经常擦拭泪水，要不时放在疼痛的胸口……

想起一条羊毛披肩。它来自远东一家俄国小店。我的朋友把它带回时，只淡淡两个字"给你"。一个在意你冷暖的人，才会使你体味到没有他的那种冷。物在人空，我常望着这披肩发呆。友情如河流，不会干涸，可它的骤然转弯，却让人猝不及防，心怀怅然。

就这样，我在哈尔滨的大雪中原地未动，却追随着北风，策马跑过一个又一个驿站。

亲爱的安然的大雪，你的飘落给了我一条道路，一条纯银的、只留下我独自足迹的道路……

高梁同志

哈尔滨的外侨疗养院，据说是全国唯一的外国侨民疗养院。有一年，我和一个朋友，去看望这里的俄罗斯侨民果里亚。此去之前，我已经听说了，这是一个极具传奇性的人物。

果里亚是白俄一位将军的儿子，他还是孩子的时候，苏维埃政权的铁拳打碎了他安逸的生活。他随家人流亡到哈尔滨。尽管是异乡，却不必再如惊弓之鸟了。他们一家在哈尔滨的天空下，度过了一段宁静的岁月。

后来，用我们现在的话来说，生活的潦倒使他失足了。这个贵族少年竟然开始学做蒙面大盗。他抢有钱的犹太人，因为善于理财的犹太人拥有最多的金币。不久，果里亚被日本人抓起来了，手指上被歹毒的日本人注射了毒针。为了挽救自己，他截断了那根手指，并从日本人的枪口下奇迹般地逃生。新中国了，茫然的果里亚仍操旧业，于是又蹲监狱。刑满释放后，他去了农场，靠力气吃饭，干这干那，因为劳动成绩还得过奖状。在现实也不乏粗糙的生活里，贵族少年果里亚变成了"高梁同志"。

高梁同志一生热爱音乐、酒、女人。话题一沾到这三项上，立刻眉飞色舞。他酒已到不喝手就颤抖的份儿上。我们去看他，见他床下放个小塑料桶，装酒的。他以酒当水，自斟自饮。一边喝，一边说，女人好，女人漂亮。那种为女人陶醉的样子十分可爱。可能是他的斯拉夫血统的缘故，他的情绪容易激动。激动的时候，眼睛一斜，唇上的小胡子竟能两边上下不同地动着。他说，他妈妈非常漂亮。他永远也忘不了，小时候，一到黄昏，漂亮的妈妈站在自己家樱桃树下，喊他吃饭的声音：果里亚——果里亚——一说到这儿，他的声音变了。

高粱老了，又举目无亲。他想俄罗斯，想回莫斯科去。那里还有他的姐姐。但回国的事很不顺，不知遇上了什么难处。他压抑，孤独，与疗养院里其他国籍的老人也合不来。烦闷的时候，他就听故乡的音乐，就喝酒，或者，就从疗养院溜出去找女人。以他的那种处境，那种年纪和轻信，能碰上什么好女人呢？于是他经常被骗，落得人财两空。

我们问他，俄国女人好还是中国女人好？他说，当然是俄国女人。最美最好的女人就是俄罗斯女人。这还有什么说的呢！我们问他对中国女人的印象，他狡黠地一笑，说好是好，但不如俄国的。如果打分，有的八九十分，有的五六十分，有的，那就不能说了。这个被革命摔出俄罗斯本土的果里亚，话题只要触到他的俄罗斯，小胡子就激动得上下起伏，从来毫不谦虚。

我们劝他戒酒，说这样下去有生命危险。他说，有就有，不想活那么长，生命本来就很危险。我们劝他别把钱用来找女人，总上当。他一梗脖子，很认真地用纠正错误的口气说，可是，我是一个男人。说完，小胡子又上下起伏着。

后来，再次去看高粱的时候，他竟死了。没来得及回俄罗斯的他，死于酒精中毒。手中为他录下的一盘俄罗斯民歌还未及送他，他再也听不到了。

从疗养院出来，我想起了他给我们看过的他小时候的照片——面庞光洁、站姿优雅的小果里亚衣着漂亮，目光含笑。谁能想到，这个孩子有一天会孤独地死在异国的疗养院里？命运刮起的大风，最终带走了他的一切。除了有一个还算满足的童年外，果里亚的身世多么悲凉。

为活下去毅然截断手指的小毛子孩儿果里亚，热爱女人的俄罗斯男子，得过劳动奖状的高粱同志，以酒为伴，终生也没机缘遇到一个真正为他所爱又爱他的女人，除了那个美丽的、在樱桃树下唤他回家的母亲。

过去的照片

我曾在一个冬天的夜晚，在外面大雪纷扬的时候，翻看一本深褐色的布面老相册。记得我手指着那张泛黄的照片——照片上是个额头又大又亮、目光羞涩、身穿小学生校服的男孩子，正色对丈夫说："看，这是你岳父。"全家人就像头一次看到这照片似的，围过来抢着看那半个世纪前的光头男孩，而后爆发了一阵开心的笑声。有些不好意思的父亲摘下花镜说："真没正形儿!"以这样乳臭未干的形象出现在也做了父亲的女婿面前，毕竟让他挺难为情。他就带着报复心理，指着一张未解世事、睁着一双可说纯净也可说混沌眼睛的婴儿照片说："看，这是你妻子。"又是一阵愉快的笑声。我看见了，同样在笑，爸和妈的目光却变得平静而温暖了。

过去的照片，给我们带来了那么美好的记忆。这北方飘雪的冬夜也因此浮动着一种悠远和迷离。我从照片上又一次重温了自己人生的扉页。从出生到长大，细心的父母为我留下了各个时期的照片。这让我想起了女诗人傅天琳在她诗集一帧二十岁照片上的题词："童年和少年忙着吃苦，想起照相时，已二十岁了。"看到这文字时，我一阵心酸，我看到了这文字背后的泪水。天琳是美丽善良的诗人，她明净的诗温暖了多少人！她有一双潭水一样的眼睛，可是，命运使她不能用那样一双眼睛从旧日照片上去端详童年和少年了。如此看来，我是幸运的。

妈说我从小不愿照相，简直就是厌恶那唆使人做作的机器。除非是无意中的拍摄（比如两岁的我在北海公园里深沉地紧皱双眉，比如五岁的我在松花江边的沙滩上好奇地玩儿着自己的脚丫），否则决不配合。要是那时就知道这些照片能给成年以后的生活带来那么多温暖的记忆，我一定好好笑一笑。十岁以前的照片，我几乎没有笑的。十岁以后，照片上有了笑容。可仔细一看，仍属皮笑肉不笑那类。我想，也许就是从那个时候开始，我流失了许多纯真和自然，我学会装相了。

看过去的照片，像读一本有趣的书。有一次看一个女友的相册，真是感慨万端。她年长我几岁，就正好"风华正茂"地赶上了"文革"的高潮。她在那时的照片几乎张张有题词——围着头巾的侧脸照是"她在丛中笑"；戴袖标一手掐腰的半身照是"忆往昔峥嵘岁月稠"；一张普通头像总算没题词了，下面又有那年月照相馆统一赠送的"大海航行靠舵手"。最有趣的是一张集体合影——在一群装束完全相同的少男少女头上，是书法拙劣的"革命战友心连心"。心连心的人们胸戴纪念章，臂缠红袖标，手捧语录本，虔诚而正经地望着镜头。他们那么年轻，那么严肃，一副天将降大任于斯人的郑重，又有一种不经意间流露出的迷惘。我知道我的同代人大多都留下过这样的照片，不管后人怎样评价，我自己却无法嘲笑这过去的照片——那些年轻光洁的瞬间，既有一个粗暴时代的印痕，又和我们的生命紧紧相连。在经历了人生的风雨打磨后，重望这些照片，真是一言难尽。女友一一指着告诉我，谁谁海外华人了，谁谁大老板了，谁谁落魄了，谁谁已早逝了……顺着她的手指，我看到了一群人在命运中跋涉的身影。这些当代中国历史中具有特殊意味的一群人，不管被命运抛向哪里，我想他们不会忘记生命中这段"革命战友"的岁月。

我成家后，妈把我从小到大的照片包好，让我从此自己保管，递这包照片的时候，能看出她有一种莫名的难过。在妈妈家的墙上，永远挂一张我与妹妹童年的合影。那是一张放大的头像，两个头挨头的小姑娘。家里的格局变了又变，两个稚气的女孩儿却永远住在墙上。我与妹妹都是做母亲的人了。每次回家，迎面首先看到的就是这张陈旧的照片。那上面是我永远四岁的目光。那深褐色的木框和玻璃总是一尘不染。我一直没问妈妈为什么总是挂着它，可我知道，在母亲眼里，我们永远是那两个给了她许多欢乐也给了她一生操劳的孩子。许多个夜晚，当我们在各自的家里，逗着膝前小儿女时，爸和妈他们在空荡荡的房子里，一定有很多寂寞和失落。这时，抬眼一望，墙上那两个调皮的孩子，会让他们重忆起这房子曾有过的热闹和欢乐——我们穿着花短裙，从这间房跑到那间，他们唤着我们的乳名，我们清脆地应答。那时，他们是一对年轻而忙碌的夫妇，燕子衔泥般垒起这个家，孵育了小燕子。小燕子长大了，翅膀一抖，飞走了。空剩下一对老燕子，守望着墙上的孩子。

很多年前，我在外省一个城市，度过了一个愉快的暑假。临走那天，在月台上，我掏出用了一个月的月票，刚要撕碎扔进垃圾箱，伸过来一双修长的手："送给我吧，做个纪念。"这是一个男孩子，他只大我一岁，却总像我当然的兄长。说这句话时，他的声音很特别，好像有一种永诀的伤感。我把那盖了公章的皱皱巴巴的一寸照片揭下送给了他，一声再见，登上北去的列车。

很多年后，还是在那座城市，我们都是为人父母的大人了。在他温暖的家，吃过晚饭后我翻看影集，意外地看到，十几年前那张皱巴巴的照片平展展放在影集里。照片上的我剪着男孩子似的短发，一双年轻的眼睛望着今天。指给我看这照片的，是他妻子那双纤细的手。"他说，你是一个好女孩儿。"泪水一下浮上了我的眼睛，我看到了多年前站台上那一幕。这人生，有多少值得珍重和怀念的美好瞬间呢。这一对夫妻，如今已成了我宽厚的兄嫂，一想起他们，心就湿润了起来。

今年夏天，几位过去要好的女友一起去玩儿了一次。我们好几年没聚到一起了。尤其是兰，她是位老师，总是日忙夜忙。这聚会难得是她张罗的，大家就格外重视。

那天，让我们吃惊的是，一向羞涩甚至有些拘谨的兰居然穿得很新潮：一件深红色丝背心，一袭浅色长裙，又新做了发型。亭亭玉立，明快清朗，她多少有些不自然。那天，我们玩儿得真开心，照了那么多相。靠在江畔栏杆上，坐在太阳岛的草地上，畅游在松花江里，我们仿佛又回到了少女时代。照片冲扩出来，效果非常好。尤其是兰，她的肌肤、气质让那装束一衬，特别动人。裸露的肩头那么光洁，真丝背心后是若隐若现的乳峰。一双略带忧伤的眼睛望着远方。大家逗她，说这样的照片男人看了要犯错误的。

三个月后，当我迈进刚做完乳腺癌切除术的兰的病房，我恍然大悟了——三个月前的聚会原是为了留下最后的完美。望着永远失去了左乳的兰，我忍不住泪如雨下。倒是面色苍白的兰安慰我："没什么，我曾经有过……"她大理石一样沉静的面庞更让我的心疼痛，人，是多么容易丢失一切啊。

昨夜，整理旧日的照片，望着那在俄罗斯旅行时拍的一大堆照片，不由得出神——那默默流淌的涅瓦河，那高远天空下神秘肃穆的教堂，那普希金最后决斗的树林，那默然安坐在秋色中忧郁的老人，那自由自在遍地衔食的鸽子。这一切忠实而平静地铺陈在我面前，蜿蜒成一条小路，引我重新踏上了俄罗斯铺满落叶的土地。我沉浸在一种重温往事的温馨里。静静的、安宁的北国雪夜，我的目光落在这些照片上，就像一只鸽子落在春天的草坪上，平和、安宁。我又一次想起了普希金的诗句——

　　一切都是暂时的，转瞬即逝，
　　而那逝去的将变为可爱。

当爱情正年轻

冬天，我站在窗前看飘飞的大雪。小区在大雪中呈现一种安然静好。我的视线由远而近，一下看见，窗下街心公园的铁椅上，一对少男少女正紧紧拥抱着。天啊！多凉的椅子！我赶紧离开窗子，怕惊扰了这对年轻人的美梦。

在大雪飘飞的冬天，坐在冰凉的铁椅子上。这是只有年轻人才会做的事。

爱情在年轻时，有一种勇敢。私奔或殉情的故事，大多发生在年轻恋人的身上。年轻的目光相互望着，才会情不自禁说永远。眼前这对年轻人，那么小，一看就知道还是学生。此刻，他们把相爱认定是最重要最美好的事情，谁也不肯先说离开，雪于是落在他们相拥的年轻躯体上。爱的火热使他们忘记了，这是凛冽的冬天。

我相信，此刻，在这座人口稠密的城市，最相爱的人中，应当包括他们。不错，旋转餐厅洁净的餐桌旁，酒吧里柔和的灯光下，都不乏含情脉脉的目光——有人在等待爱情，有人在制造爱情。可眼前的这对孩子就在爱情之中。与其说他们是在追求爱情，不如说爱情在追求着他们。

两个多小时后，我已忘记了这件事，去给窗台上的花浇水，忽然看见那两个孩子还在那儿拥抱着！那个男孩子此时已把女孩抱在自己的腿上坐着。我有些着急了，这两个孩子！须知相爱是一生的事情，爱，也包括互相珍惜。这是东北的腊月，刺骨的北风吹进骨肉，是会坐病的，怎么能在冰凉的椅子上这么长时间呢！我决定让他们离开。我就站在窗户前，故意地使劲望着他们。我想让我的没有礼貌驱赶他们。

他们终于看见了我，可这两个孩子根本就不在乎我那双多事的眼睛，还一如既往地坐着。这回我真生气了，我就站在窗子里，冲着他们使劲做手势，意思是快起来！那男孩女孩奇怪地望着我，又互相望望，像有所领悟，迟疑地站了起来。这时，我冲他们点一点头，又夸张地抱着肩膀，做冻坏的样子，而后，做着走路的姿势。他们明白了，全笑了。我也笑了。两个孩子一起冲我挥挥手，手挽手走了。

雪还在下着，我的心升起一种温柔。有如此纯洁相爱的人从这场大雪中走过，这个冬天，就不只是寒冷。

上面的文章已写完了，在电脑上。一位熟人在屏幕上看了几眼后，以一种戏谑的口气说："不是写我吧？"我真没想到，眼前这个腹部已日渐隆起的中年人还曾有过如此的浪漫，就说："原来你和你夫人……"还未等我说完，他摇摇头说："幼稚！你以为这一对孩子就天长地久了？"

他那种曾经沧海的轻慢口气，我觉得伤害了那对大雪中的恋人。但偏偏他说的也许就真是生活的经验。我怅然若失地想着他的话，想着那对年轻的恋人。他们会在一场场雪中长大，也许，最终真就没能生活在一起，分别成了别人的妻子或者丈夫。但是，他们会忘记这大雪中紧紧相拥的时刻吗？那个把女孩子抱在自己腿上的男孩子，有一天也会像我面前这位男士这样说话吗？

但愿不会。他应该什么都不说。他会在某个冬天，一眼瞥见风雪中空荡荡的长椅，而后，心怦然一动，下意识地，搂紧身边的妻子或孩子。一缕谁也未曾发觉的温暖的笑意，轻轻地，浮上他的唇边。

看雪花缓慢飘落

　　这是今年的第一场雪，雪花曼妙地从天空飘落，缓缓地，似乎带着某种迟疑，渐渐弥漫了整个天空。大雪中的城市一下具备了一种情调，车行缓慢，人的脚步也加了小心，城市紧张的节奏松弛下来了。我站在家门口的小花园里，好像就是在等这场雪。多好，多优美的一种缓慢姿态啊。

　　我是一个对缓慢有感觉的人，我发现我喜欢的许多事物，都有缓慢的元素。

　　我喜欢森林，喜欢那种由天长地久缓慢形成的沉郁苍茫，那种由万物汇集的浩大幽深。小时候我还没见过森林，刚认识森林两个汉字时，就喜欢了。这个词里有那么多树，这个由许多树变成的词器宇不凡，本身已经有让想象力飞腾的景象了。

　　记得很多年前第一次迈进小兴安岭的原始森林时，感动让我丧失了表述能力。"怎么样？"带我来的林区朋友急切询问，期待着我对他家乡的赞美。我却不知该怎么回答。说什么呢？都不合适。兴奋与难过，激动与安静，我的心和眼前的一切在对话。那种从来没有闻过的森林的气息，一丝丝沁入了我的心胸。那些百年老树，在悠长日月中积淀出的苍劲之美和难以形容的气韵；树和花草复合的清香；此起彼伏的鸟鸣、树叶在风中的声响——万物的声音和形状经过了漫长岁月浸淫，那种缓慢形成的博大气象，确实有一种厚重的能量，把我罩住了。作为一个在城市长大的孩子，我觉得自己是太奢侈了，居然一下子就站进了原始森林中。幸福啊。我刚这样想，竟觉得又有些心酸、惆怅甚至是难过。我一言未发却眼眶潮湿，总之我把那个领我去原始森林的人也弄得百感交集。他瞅着我直叹气："嗨，咋整！看你们这些写诗的！"

在东北的隆冬，天降大雪的日子，最愿意看着雪一片一片缓缓地飘落。在那样的时刻，心会慢慢空起来。向窗外望去，我想，不会写诗的人，心也容易被触动：那些被白雪覆盖的房子，那些银装素裹的街道，那些入夜后一盏一盏亮起，好像带着温度给自己取暖的街灯，那些高高竖起衣领，踏着雪匆匆向家门走去的人影，那些窗子上满是霜花在风雪中缓慢行驶的车辆……

这一切，在寒冷和洁白中，都真实到特别不真实，就给人生出幻觉来，觉得是活在一场默片时期的电影之中，觉得一步一步，正在走向童话……

有一年，雪特别大，一片一片的，真如漫天的鹅毛在飞。我的朋友穿着一件厚厚的呢子大衣，敲开了我家的门。她穿的那种大衣哈尔滨人通常叫老毛子大衣，纯正的俄罗斯货，厚厚的，穿在身上死沉，却特别能抵挡风雪。她一进门，满面白霜，带来外面冬天的清冽，那种雪和寒冷的味道。

她怀抱两瓶响水米酒。这种当年黑龙江自产的米酒，现在市场上已经见不到了。

我起身去厨房炒了一盘素什锦。因为我们全家口味清淡，喜欢素食，常被人讥笑说伙食和兔子差不多。我的朋友那时还是肉食者（现在她已成为居士，常住江南某寺院，吃全素了），但她就是愿意吃我炒的蔬菜。她来我家，每次都是要吃素炒蔬菜。我找出两个好看的陶杯，我俩就一人一杯，自斟自饮，像真正善饮之人那样悠悠地喝了起来。

两个女人，一瓶米酒。我们看着窗外的雪，吃五颜六色的蔬菜，喝清香的米酒，人变得空旷松软。一点儿一点儿地喝，脸也就一点儿一点儿地红润起来。我的朋友是画家，她就说画画的事，我就说写诗的事。她也不听我的，我也不听她的。忽然，她说："真好。"我也说："真好。"

后来，我的朋友如梦方醒地问："你不是不能喝酒吗？"是啊。我确乎是不能喝酒的，可我自己也糊涂了。我没拿那酒当酒，觉得那酒像是饮料，不知它有隐藏在最后的力量。那酒分明是进入我的身体，可又好像是在身体之外，正用一双无形之手领着我飘飘然。那酒是用响水大米做的。响水是黑龙江的地名，因为有哗哗响的泉水，那个地方出的大米就成了有名的响水大米。我就胡说："我虽然不能喝酒但是能吃大米，这是液体的大米……"话还没说完，我就觉得自己把自己给拽远了。

我开始感到有点儿发飘，并且真切地看到盛菜的盘子在向上鼓。当时我不知道那就是酒的后劲，是幻觉，就忍不住用手去摁那盘子。结果自然是把手按到了菜里。我让大米变的酒灌醉了，不会喝酒的我，居然在那个大雪飘飞的下午进入了醺然之境。

我看着眼前这个人，想起我们的友情。从十五六岁下乡开始，在广袤的田野上，自然地相识。两个心怀浪漫的小姑娘，从彼此的好感，到推心置腹，最后到彼此精神默契，成为一世的友人。这是什么样的机缘啊！友情也是一种缓慢进行的事情，在这进行的过程中，悟性和怅惘逐渐增长，而青春和岁月悄然而逝。我之所以是个珍惜友情的人，是因为我确实在乎和朋友一起度过的那些蹉跎岁月。

同样缓慢进行的，应该还有爱情。

爱是人间一件最美丽最重要的事情。尽管我欣赏一见钟情，可遗憾的是在我的生活中，没有出现过这种浪漫。喜欢和厌恶都是慢慢来临的。在我有限的情感经历中，从未被闪电击中般地爱上异性。不过作为被动一方，我还真是遇到过突兀的表白。

连我自己都奇怪，在本该诗情画意的情境下，原本是应当令人心动的话，因为过于唐突，因为来自不应该的人，当时竟如中了冷枪。我没有一点儿激动，甚至有些懊丧。那是个弥漫着青草味异乡的黄昏，我正望着夕阳出神，一个人抽冷子站在了我身边。暴雨突至般的倾吐不仅草率，而且还那样不敢正大光明。带鬼祟之气的抒情，让我第一刻的感觉就是厌烦。这样的人，断然不会和我有缘分。

爱如同大雪，即便也许是突然来临，也应是一种优美的飘然而至。和爱相关的事情怎么可能缺失美呢？爱情缓慢地行进在我的生命里。属于我的这个男人，他来找我的时候，已经四月的天气忽然就一片一片下起雪来——那真是奇异的记忆。我站在图书馆那片丁香树前，发现这个认识已经几年眼窝深深的人，声音原来这么好听。他有些偏激、执拗，甚至常常像个孩子，可是，我们之间的一点一滴，已经和生命融为一体。这个从前的小伙子，曾在一张白纸上，写下过一句话——他说他的心犹如一潭水，水深千尺，不照乱云。我一直记着这句话。随着时间的推移，这张字条上的字迹已经成为记忆中的浮雕，那在西行列车上匆忙递过这张纸片的动作，在我的命运中形成了永久的定格。

我的写作和思考也是缓慢进行的。我从没有羡慕过那些高产的写手，我甚至有时觉得特别高产本身就有些可疑。很多碎片在我脑海里汇集，最后有一个完美的形成。这是一个先聚集而后提炼的过程，在我，就没法加速起来。我看到很多人一天能写那么多，我佩服，我也担心，会不会有一种细致的快乐从这个流程中散失？我不行。写着写着，我就想停下来，我瞎想着，也挑拣着，沉淀着，我觉得这是写作的另外一种形式，是一种继续在头脑里的书写。

到欧洲旅行，我发现那里的事物倒甚合我心。比如，那种属于欧洲的从容不迫。一个游客，如果不是太迟钝的话，就会发现，古老的欧洲有一种无处不在的沉着和安详。岁月的脚步雍容缓慢地从那里经过，没有漏下一些精致的细节。斑驳的旧城墙，古老的钟楼，悠久的教堂，规模大小不一的博物馆，无不流露着岁月的印痕。那里的人不像我们这么一日千里，他们好像没那么多着急的事情，更愿意体味和欣赏生命与创造的过程，并不以炫耀速度为荣耀。

在欧洲许多地方，主人们不经意间就会告诉你，眼前这座教堂或那座老桥是几百年前的建筑；她或他住的房子是祖父亲手盖的；那把银勺子是曾祖母留下的。言语之间，就有了沧桑。你就能够感受到，时间在这里真就成了一条蜿蜒的河流，千回百转，苍茫奔腾间，已有气象万千。

人生既然如梦，这个梦就不要做得太急。我知道永远都会有性急之人，渴望更多的业绩和创造。人各有志，在我，还是愿意把本来和别人比就已经算慢的生活节奏再变慢一些。我不年轻了，我愿意缓慢体味命运所给我的一切。如果能自如地做自己喜欢的事情，在属于我的生命历程里信步而行，从容地看着目光所及处人世的风景，我觉得就是上天的眷顾了。

今年，我鬓发间已经开始生长白发了。我知道，这一点点长出的白发，便是人间的法则。岁月面前，谁也无能为力。

大雪飘落，悠然旋转，从上而下。这看似缓慢的过程，已是一朵雪花的一生。我知道自己也在那雪花之中，是只有雪花能看见的另一片雪花。

　　作为名字叫作人的这片雪花，如果能在缓慢的飞舞之中，释放生命独有的那种优美和从容，在我看来，已是最好。

草原的恩赐

　　去呼伦贝尔的时候，我特意带个笔记本。我想，要把在草原的一些感受记下来。可是，整个旅途，除了让几个蒙古儿童用蒙语写下他们的名字，记了几个地名和几句蒙古民歌，我几乎什么也没记。一些感受好像不大适合用笔来记，我被一种浑厚之气罩住了。

　　在草原，每天都陷在一种沉静的激动中。越向草原深处走去，越有那种心事浩茫的感觉。看到那些在草原上从容自如的牛羊，看到迷茫的晨雾里从天而降般突然出现在眼前的马群，看到那些真正配得上"蜿蜒"这个词的河流，还有那些并不像电影里那么洁白却栉风沐雨让人怦然心动的毡房，以及与这一切极为和谐、缓慢从容的牧人的生活，我受到了深深的感动。人在最感动的时候，有些发呆。我就像什么也没想一样，陷进了难以说清的感觉中。毛孔在轻轻张开，我吸纳进了许多清新的气息。

　　我们租了一辆面包车。随当地人的叫法，我们也把开车的人叫二哥。二哥年轻时是好骑手，他像骑马那样潇洒自如地开车。他熟悉草原的路，就像他熟悉自己那双能干的手。他拉着我们在茫茫草原上随心所欲地奔驰——遇到马群停车；遇到牛群羊群停车；遇到牧民的毡房停车；遇到河流湖水停车；遇到一切让人心动的景象，不用说，停车。这真是心旷神怡的旅行。我们在呼伦贝尔草原上，尽情享受目光的盛宴，一群人不知不觉间单纯起来。

草原起伏荡漾，却没有一个地方埋藏着你的过去。你于是有一种心虚和自卑。望着那些蒙古人，我能感受到他们心上的骄傲。这是他们的草原——这里收留着他们生命里温暖细小的情节。在草原上诞生、成长或消失——他们虽大多寡言少语，却让人感受到根基和依托的力量。他们相信成吉思汗的目光在注视着他们。这些纵马而来的人，世代承受着草原的启示。这是你情不自禁就要凝视，越了解就越敬重，越敬重越觉遥远的民族。

给我印象最深的，是草原的女人。无论是满脸皱纹、白发在风中拂动的老妈妈，那达慕上歌声携云带雨的女歌手，还是盟里那位气度不凡的女部长，她们的肤色、形貌、举止，与这辽阔的草原是那么和谐。她们的眼神里，有一种共同的、对于生命的体恤和怜悯。对于大地上的动物、植物，以及天上的星光和飞过毡房的百灵子，甚至那悄悄流过草地的小溪，这些女人天生就有一种心领神会。

记得那一夜，我站在草原仰望星空。万籁俱寂，星光灿烂。那是我形容不出的静穆之美。这草原的夜晚让人想起世界最早的样子。我觉得自己也变成了最早的人——干净、单纯、身心健康。望远处，有一座不高的山。我把它看作是草原的护法神。在护法神肃然默立的草原之夜，我觉得我接近了诗歌的精髓。

就像那些深山里的植物不用说自己是最天然的一样，最质朴的人也从不说自己多么朴素本色。这是我经验以外的生活。比起草原上的人们，我过的是另一种日子。我见过更多的繁华或者说世面，也见过更多的拘束和伪装、更多的无耻和麻木。长久以来，我自以为尚是洁身自好之人。在草原一走，和那些真正自然单纯的人往一起一站，我看见了自己——还是沾上了那么多世俗的灰尘。我相信草原也看出了这一点，只不过，它宽厚地予以了谅解。

我相信命运的指引。我把自己领进草原必有原因。我当然不会幼稚地指望一次草原之行对自己就是一次完成，但在喧嚣的尘世、嘈杂的噪声中，让视力和听力得到适时的矫正，得到一次对生命深入领悟的契机，无论对于写作还是生活，都会注入一种能量。

从草原回来后，几次想动笔写诗，都觉得还没到时候。我已不愿意轻易挥霍情感。两个月前的一天，在哈尔滨遍地落叶的大街上，我忽然看到几个健壮的略有摇晃的身影。不用看他们的长袍，我也能认出这是几个蒙古人。他们粗放的样子在这时髦的街道上格外引人注目。当背景不再是草原和蓝天时，这些生动的人显得有些茫然。我站在路边，向他们微笑，他们也笑了。我不是他们同族，心里却有一种很亲的感觉。待到看着他们的身影消失，竟有种怅然。回到家，我想着那几个蒙古人的微笑，坐在电脑前，屏幕变成了纯蓝的天空，变成了茫茫草地，我开始写诗。写得非常愉快。

写写改改，我又有了那种踏实的感觉。这种感觉会使我更从容，也让我快乐。以简洁朴素的方式，进入创作和生活。所有的潮流和理念，所有的时尚和附赘，与我毫无关系。我的眼前是广袤的草原和纯蓝的天空。

写作本来是一种释放，可我真的感到，一边写着，一边又往心里藏进了许多。

谢谢草原的恩赐。

器皿随想

开　　头

谁没用过器皿呢？作为人类，大地上聪明能干的种群，这几乎是我们每天接触最为频繁的用具。从奶瓶时代，从童年开始，器皿就开始和我们一起进入生活的情节。你如果留意，你的生活中就一定会有与器皿相关的故事。你甚至会大吃一惊，还有什么，还有谁，能如此冷静、长久地参与并观察着你的生活，一声不响地伴随你的苦辣酸甜。它什么都知道，什么都不说。它甚至比你更长久地留在这个世界上，如同当初伴随着你那般，继续沉默着，伴随着另外的人生。

从一只杯子开始

有一天，我在一家专营韩国商品的小店买来一只口杯。这杯子乳黄色，梨状。卖主是特别会说话的朝鲜族生意人，汉语说得有些吃力，还不屈不挠地夸我"眼力的好"。这只来自韩国的陶瓷的梨，造型生动，颜色和谐，让人忍不住把它当成真的梨，去闻那水果的芳香。我把它放在办公桌上，一个画画的人一进门就看见了它。我说："好看吧，这只梨?"他说："梨? 臀部、腰腹，这是女性形体的转换!"他一边说，一边放肆地把手放在那女性的腰上。我于是知道，哪怕是看一只杯子，人们的认识也是各异的。

　　回想从前，在成都、重庆、苏杭、西北一带，我都泡过茶馆。喝茶时，也有心无心地留意过那里的茶杯。一般说来，茶馆里的茶杯都简单、质朴，就像那些来此喝茶的人。越大众化的茶馆，越不大讲究。有的杯子已龇牙露齿，却还是被那些老茶客不见外地捧在手中。这种茶杯与那种热闹闲散的平民气氛十分和谐。你会在这样的地方进入民间，体味茶文化的自在和放松。可如果是在山水名胜处，总觉得多少还是该有些讲究。记得在杭州虎跑，曾和一群文人坐下喝茶。茶馆里那粗壮的杯子一看就是七拼八凑的。主人用来续水的大暖瓶也过于豪迈。眼看着她就像夹着一个花皮炸弹那样过来，心都有点儿慌。如此茶具，与眼前的绿树、细雨，像是互相讽刺。人家拿名胜不当名胜的这种洒脱，也算是风度。

　　至于那种会议室、办公室常见的茶杯，它们是茶杯里的士兵。全国虽无统一的购买文件，但它们总是惊人的相像。也许置办者深谙此地是消灭风格的地方，所以无论哪里的会议室，几乎都一致选用那种带盖的、端正严肃的茶杯。在诗意和美感缺席的地方，茶杯们被那些没完没了的发言、废话连篇的报告弄得蔫头耷脑，自觉地敛起了瓷器的光芒。当那些长期在政府机构工作，长相、眼神、举止都基本差不多的大小官员，端起一式一样的水杯时，一切都有了复制的感觉。科级或处级的手，有分寸地伸向茶杯。它们被端起又放下。杯子当到这份儿上，也算是委屈它们了。

有一位老人，在老妻六十岁生日那天，在哈尔滨的秋林为她买了一个带盖的瓷杯。此后的十余年，老妻每天用它喝水，并且在每一个晚上用这个杯子给他端水拿药。不久前，老妻去世了。儿女们怕父亲难过，收起了妈妈的许多物件，可儿女们不知道杯子的故事。老人常默默地注视着这只杯子，想那双劳碌了一生、长了老年斑却依然生动好看的手，想那些和老伴儿一起走过的岁月。"我的老太婆，是最有趣儿的人。"当这位老人轻轻对我说这句话的时候，我看到，他正用目光深情地抚摩着那只杯子。

1999年，我们一行主要由女诗人组成的代表团赴台湾访问。台湾女诗人蓉子陪我们同行。罗门与蓉子，是台湾诗坛一对久负盛名的伉俪，也是我喜欢的诗人。蓉子成为诗人的履历，长于我的年纪，已是母亲辈分的诗人。她优雅端庄的闺秀之气，举手投足间的教养，即使在这群不乏年轻靓丽的女诗人中，依旧卓然不群，给人以非常舒服的感觉。

到达阿里山时，已经是夜晚了。尽管疲惫，吃过晚饭后，大家还是不约而同地出来东转西转。我、傅天琳、蓉子，还有台湾诗人台客等，迈进了一家很有味道的茶寨。小店古雅清新，门是敞开的，门外就是阿里山的云雾和树。女老板年轻清纯，不施脂粉，与她的小帅哥丈夫就像一对要好的同学。知道我们来自遥远的大陆，夫妇俩盛情为我们沏上好茶。女主人用好听的国语说："买不买都没关系的，相识就是缘分。一定要请你们喝阿里山上最好的茶。"她一样一样地领我们品茶，不断地弃旧取新，提壶续水。我喝得满口清香，发现我们面前斟满茶水的杯盏都那么别致，几乎都是工艺品。任何细节也不马虎，这真是一家有格调的小店。

手执香茶，我们坐在阿里山上的夜色中。茶叶的清香和午夜的山风，让我们渐渐沉入一种迷醉。蓉子穿着一件深色小花的纱衣，坐在灯影里。她不多言，却频频举起手中的茶杯，向我们温暖地致意。坐在我身边的天琳什么话也不说，一只手捂着脸，任泪水在指缝间流淌——这种气氛触疼了她的心事，她的伤感又使这夜晚多了几分美丽和迷离。我们都为眼前的一切感动着。手中的茶盏，荡漾着千情万意。女学生一样的老板娘声音轻柔好听，就像茶树开口说话一样。她说，喝吧，相聚不易，再见更难。渐渐地，我们都有了醉意（茶原来也是可以醉人的）。喝足了茶，又买了茶，还舍不得走。如果不是第二天还要启程，我们就会在这家有迷幻氛围的小店坐到天亮。

第二天，当我们离开阿里山，在大巴车上，蓉子忽然拿出她买的一盒茶杯（就是我们昨夜喝茶的那种）。而后连同她的微笑，一一分送给我们。难得她想得那么周到。小巧精致的杯子如一家同胞兄弟，被我们这些来自祖国各地的姐妹分头领养了。所谓礼轻情义重，正是。只有深有悟性的人，才懂得礼物的意义。一只小小的茶杯，在此刻担当起贵重，胜过了言语。如今，这来自阿里山上的茶杯，分别静立在哈尔滨、重庆、北京、兰州、西宁等地。我想，每双将它拿起的手，都是轻轻的、珍重的。静夜里，我常望着这个小巧玲珑的杯子，想起雨雾迷蒙中那家温馨的小店，想起灯影里，蓉子轻轻举杯的样子，想起天琳的泪水，想起那个女学生一样的老板娘，想起那个此生不会再重复的阿里山之夜……

花瓶的独唱

花瓶是器皿中的诗人。在凡事讲究实用的人眼里，它缺少实用的功能。它是精神的，是爱美的人制造出来的。所以，有史以来，它就是用来抒情的。

有些花瓶本身就是花。它的质地或造型独具匠心。在房间里，她是沉默不语的美女，没有年龄，只有气质。在忽视它的目光中，它不过就是普通之瓶，而在一双能认出美丽的眼睛里，它所带来的慰藉是深远的。

这是让人心头一软的器皿，给人以遐想、安慰、会意的一笑。花瓶与花站在一起的时候，就是一间茅屋，也会闪烁光辉。

花瓶又具有悲剧意味。花朵会凋谢，花瓶像舞台一样，看一批批的鲜花演员轮流谢幕，永远地告别舞台。

无论多好的瓶，它也留不住花。没有花的时候，花瓶就把自己当成了花，缓慢地演出自己的故事，于静默中，释放孤独和清静。

我是一个爱花的人，也是花瓶爱好者。我总能发现那些与我有缘的花瓶。那年，在哈尔滨南岗区的一个垃圾站，我去扔手中废纸的时候，发现了一个陶制的旧酒瓶。它在一片垃圾中平静地等待着。我知道它不是垃圾，手疾眼快地拾起了它，带它回家。像给小孩子洗澡一样，我把它洗刷干净，而后插进几棵野草和蒲棒，陶瓶一下子焕发出一股脱俗之美。

石头、陶、木头，这些来自大自然的物质，对我总是独具能量。我与这类东西心有灵犀。1993 年去俄罗斯，在一个艺术品市场，我被那些手工雕刻的木头花瓶深深吸引。这些花瓶，一看就来自民间艺人的手，图案简洁，一点儿不张扬，却体现了俄罗斯文化的深度和气质。木头的本色，古朴的花纹，好像从刀刻的痕迹中还能抖落出木屑来。我想，阿赫玛托娃、茨维塔耶娃，她们也许就是看着这样的花瓶长大的。我买了一个又一个，除了木瓶，还买了一堆大小不一的木勺子。我的卢布全变成了这些。评论家李福亮讽刺我说："咱们回国时，你是最安全的（我们坐水翼艇回国）。要真是落水了，你只要抱住你那些木头花瓶、大木勺子什么的，保证浮起来。"

恋爱时分，现在的丈夫彼时的男友，见我在一个晶莹如薄冰的水晶花瓶面前流连忘返，就欲买来送我。我忙阻止。我有轻微的迷信：花瓶虽美，可失手必碎。我可不愿小心谨慎地存着如此信物。我就说："你挑结实的东西送我，美的我自己买。"这句话不承想从此竟成为原则。每当家中需要，诸如买衣柜、饭桌、电器之类，他都说，这是送你的。就连我们现在这张实木大床也居然算成了礼物。名曰送我，可各睡一侧，可谓买一赠一。他连自己也搭配进来了。

当年那个几乎当上信物的花瓶，在我的桌上一摆多年。有一女友，颇具眼力，盯住这美貌花瓶，居心叵测地夸奖过若干次。我怕她张口索取，每次都故意打岔让她分心。后来，女友严重失恋，痴情偏被无情误。她衣食无心，眼看着就要把红尘给看破了。我心疼她，说了许多劝慰的话，没用。遂下狠心将那个花瓶用纸包好，里面放进一个纸条：请给这花瓶插进与之相配的花。朋友将礼物收下，看都没看，继续忧伤着。我正后悔，晚上，她突然打来电话，说谢谢，说你的纸条让我恍然大悟，说是得把烂了根的花扔掉云云。送她花瓶时，只想让她振作，没想到，她顺着我的话自己往深里想，竟治了心病。那水晶花瓶，算是找对了去处。

1999年台湾"9·21"地震后，我们一些去过台湾的人，心神不安。我去过电话，牵挂那里的情形。诗人文晓村先生给我发来传真。他说："诗友们都还平安，台中秦岳、鲁松家里的花瓶被震落地板，破碎了，等于替主人牺牲了自己。"文先生一生历尽沧桑，从志愿军士兵变为台湾诗人，对于人间苦难，体味最深，写花瓶一如写亡友，寥寥几句，深情悲悯，看得我心中难过。

碗与盘子的交响

在一个有收藏癖好的朋友家里，他给我们看一只宋代的瓷碗。"你们看，这活儿！这精致！这漂亮！"他像个孩子似的兴奋着，眼神如猫一般变幻，他自己被那碗迷住了。

我望着那碗上的树，真是奇妙。我的手指，竟在轻拂宋代的树梢了。造化真是不可思议。一只盛过千年前茶饭的碗，如今竟在我的手中。我就写下了这样的诗句：

如此易碎的瓷器
却穿过了千年的风雨
水和泥的歌声
在时间的上游
响起

在我的手指之前
在我的目光之前
一缕宋朝的清风
正吹起那个工匠的衣角
他悠然画上一棵老树

却并不知道

他从此就在那棵树下

等我们

　　从前的东西到了我们手里，从前的劳动、从前的目光和气息，神秘地与今天、与我们衔接了。人，怎么能不为这种美好和缘分感动呢？

　　在西北，我在一户贫苦人的家里，看到过草草烧成的粗陶饭碗。在此之前，我不知道还会有人使用这样的器皿。你可以想象用这样的饭碗，会盛着怎样的食物。如此粗糙贫穷的生活，看疼了我的眼睛。碗很大——越是穷人家，几乎越用大碗；越用大碗，越是吃不饱。看着小小的孩子用小手捧着几乎有他头颅大小的碗，狼吞虎咽地吃着粗糙的食物，不争气的泪水我咽下去又涌上来。我才知道，我对贫穷的理解有多么肤浅，我对生活的认识，多么表面。让我震撼的是，就是在这户人家，在我看到贫穷的同时，也看到了亲人之间那种疼爱和关心，看到了那种由衷的快乐。女人把自己碗里的饭食拨给丈夫，丈夫又拨给孩子。母亲亲吻着孩子的小脚丫，丈夫笑看着自己的妻子。温暖与爱意在一家人中间质朴地传递着。说起有趣儿的事，这穷人家的笑声竟是那么清脆响亮。他们教我，在戈壁上吃西瓜，吃完后扣过来。万一有迷路的人、抛锚的车，西瓜里面遗留的水分能救命。贫穷和爱心在一起，有了一种特殊的尊贵。就是这家人的孩子，教我认识了一种叫作"干不死"的植物。

是啊，手捧粗陶大碗的孩子，我记住了，在大西北，有种难忘的花，叫干不死。

饭碗是生计和活路。人们已经习惯了用"混碗饭吃"来借代。能问心无愧地在每一顿饭前端起饭碗，是一种人生的福分；不劳而获者，端的是别人的饭碗，理当心怀忐忑；如果能够不只为自己，还能给别人以饭碗，那就该算作功德了。

盘子也叫碟，和碗一样与我们每日相见。当碗盛着主食时，它盛着菜。如果你在一家商店的器皿部耐心待上一阵时，你会发现，来买盘子的女人，几乎都是结了婚的女人。从质地到样式，她在细心挑选，因为，她在意她的家常日子。

我结婚时，妈妈打开一只纸箱，让我从中挑选了大小不一二十多个盘子。我早知道妈妈存有这些东西，却不知这与我的嫁妆相关。妈妈说从我和妹妹还是小女孩儿时，碰上漂亮的盘子，她就开始买了。她说："等你们结婚时，肯定用得上。到时候现买，就没这些好看的了。你看，这白底带一道宽绿边的，盛饺子最好看；淡黄色的深盘，最好用它吃面条；一圈小碎花的，装小咸菜、香肠什么的；椭圆形的，装整条鱼。"——真难为妈妈，居然想得如此周到。这些大盘小盘，经过了母亲眼光的过滤和岁月的淘洗，带着一份深沉的细心，走进了我的婚姻。当我有生以来，第一次以主妇的身份端着盘子从厨房出来，我想，这一生，要是我心甘情愿这样端来端去，无论对那个男人还是对我，都是一种福分。

离我居住的哈尔滨不远，就是典型的东北农村。夏秋之际，你要是去过这些乡下人家，看到主妇们在吃饭时端上来的碗碟，就会感受到这块黑土地肥沃醇香的气息。土陶坛子盛着自己家下的大酱；大盘子上是水灵灵的婆婆丁、小白菜、小葱、水萝卜；小瓷盆里码着香得让人忘记风度的煮苞米；粗瓷大碗捧着满满的炖茄子、炖豆角、炸土豆。这些器皿大而实在地盛着东北的家常便饭，谈不上精致，却像村妇们结实健康的身子，给人以踏实和信赖。

盛着一日三餐的碗与盘，是与人们最息息相关、最通俗的器皿，它们与我们的许多喜怒哀乐相关。一样的碗与盘，盛装的内容可是大相径庭。我出席过一个豪华的宴会，所有的杯盘碗碟，都是那样高级精美。一道道菜上来，早已是形式大于内容。我是一个喜欢精美器皿的人，不知为什么，却对这一切缺少感应。当讲究到了奢侈到了不应该的时候，会让我这样的人不安甚至感到羞耻。

筐、篮、篓的絮语

筐、篮、篓最具家常气息。如将器皿比作人群，它们担当的是家庭妇女这样的角色。它们出身于大自然，或藤或草或竹，摇身一变后，盛装着琐碎却实用的东西。

我搬家时，搬家公司的工人说："怎么这么多的筐呢？"丈夫故意提高声音说："这还多？还精减了不少呢!"

　　我是见到卖筐、卖篮子的就忍不住站住脚步的人。那些草、柳条、藤、竹子制品,我觉得能触动人与自然的神秘情感。它们让我想到远方的竹林、山岗、原野,想到自然与造化,想到阳光下的村庄,想到人间原始劳动中蕴含的那种美。这些出身土地的、有过枝繁叶茂背景的生活器具,经过劳动者粗糙的巧手,经过联系实际的设想,自然不同于那些批量生产的塑料制品。它们富有生机,古朴沉静,于无声无息中给人带来一种精神的慰藉。

　　那年船过万县,停泊时,我抱着大篮小篮上船。一路上,我屡有赠送,可还是带着大小几个回到家。我爸说:"哈尔滨大街上叫卖的四川人,卖的篮子什么样的都有,你何苦那么远挎回来呢?"话虽有理,可一路携篮而行的那种快乐,在哈尔滨能找到吗?不愿带的东西,一张纸都嫌沉,可喜欢的,自另当别论。我只要看到万县的篮子,就能想到我的那条淡蓝色丝裙,一路上怎样被那帮篮子剐得乱七八糟;想到那天夜里,我怎样和卖篮子的人讨价还价。那时,我还年轻,卖篮子的用四川话亲切地喊我女娃儿,说要以最便宜的价格卖给我,还说北方人真爽快。结果一上船才知道,我买的那批篮子是最贵的。腿细细的那个卖篮子的四川人,你太不对了。

　　五年前,在北京的秀水街上,我蹲在卖筐的摊子前,又走不动了。我忘了我的家是在几千里外的地方,大大小小买了八九个竹筐。付完钱我才意识到,我的手里不是家门的钥匙，而是一张车票。好在这些筐是成套的，大套中，中套小，子子孙孙抱成一团。在回家的火车上，我躺在卧铺上看行李架上那一摞筐，愉快地给它们分派着用场——装鸡蛋、装粮食、装手纸、装针头线脑、装杂志——总之，它们都在到家之前轻松就业了。在家的角角落落里，放着大小不一的竹筐。累了的时候，看看它们朴素的样子，想着它们的来历和出身，想找什么，俯身就是。我愿意有这样的家，我和我的一群筐篮一起走过岁月。

除去筐篮外，篓子在北方的应用范围不大。北方不产竹，所以少见竹篓。一位湘西籍的长辈告诉我，他对竹篓有特殊感情。他是在妈妈的背篓里长大的。小小背篓里，摇摇晃晃的湘西山路上，他度过了人生最初的春夏秋冬。他随着母亲耕地、砍柴、赶集和去河边洗衣——天长日久，那背篓浸满了妈妈的汗水和气息，他闭上眼睛也能闻出来。在妈妈温暖的背上，他认识了这个新鲜的世界，也知道了什么是伤心。因为伏在妈妈的身上，他不止一次地听到过压抑的抽泣。他说，那时，他还非常小，可是他感觉到了心痛。他特别想快些长大，无论吃多少苦，也要让妈妈过上常吃肉、能坐几回汽车的日子。成年以后，回到故乡，一看到肩挎背篓的女人走过，他就要多看几眼，甚至情不自禁地跟着走了过去。背篓里稚气的孩子，让他想起了自己的童年，想起了把他背大，累得早已躺进坟墓里的母亲。

结　尾

上帝创造了人，人又争气地创造了许多事物。器皿的出现就是人类生存状态的记录。世世代代，器皿上留下了人类精神的痕迹，也留下了动人心弦的故事。有些事是不能深想，一想，真就能踏上一条山重水复之路。器皿与这世上的许多事物一样，是物质的也是精神的。人生如戏，场景在不停地转换，器皿则是戏中的道具之一。它们，盛装着流转的时光，蕴含了苦辣酸甜，或许是爱情的信物，或许是家族兴衰的见证，或许是许多悲欢的看客。有一天，我们生命的帷幕悄然落下，可它们的剧情却仍在继续。

谁会接着用那只杯子喝水？

谁继续往那只花瓶里插花？

一杯一盘，一筐一瓶，它们接受过多少双眼睛的注视？它们经过了多少双手的抚摩？它们见过多少朝代的天空？它们走过了多少沧桑岁月？

我们在讲器皿的故事——其实在上帝那里，我们何尝不是另一种器皿？上帝他老人家把我们摆放进滚滚红尘，只不过，我们习惯了，将置身的那个场景，郑重地叫作：人生。

云想衣裳

"云想衣裳花想容"，这是诗人李白当年赞美杨贵妃的诗句。据说唐玄宗曾大为欣赏。轻轻七个字，风神迷离。我们看到了花容月貌的杨贵妃，穿着逶迤的衣裙，闪烁着丝绸的光华，正从大唐宫廷的深处款款走来。云想衣裳，我不知还有谁能写出这样的句子。女人衣衫的飘逸和华美，从此住在古诗中了。

衣裳，对于人类来说，早已不仅仅用来遮身盖体，祛风御寒。它伴随着人类，在地久天长的日子里，变成了一种特殊的符号。作为第二层皮肤，它早已和我们的审美、我们的心事、我们诸多细腻复杂的情感连在一起了。

衣裳对于女人，尤其意味深长。一般说来，没有女人不喜欢好看的衣裳。确有一生对衣着毫无心得的女子，我想，那实在是囿于条件或环境的限制，来自生活的困厄和无奈。衣裳覆盖的，是人生的辛酸。

如今，翻开报纸，打开电视，随时可以从传媒那里，看到和听到时装业人士和 T 型台上的模特演绎衣裳，点评时装。如果人群如百鸟，这其实不过是几只孔雀的发言。其实，哪个人没有自己的穿衣心得呢？尤其是，当你是一个女人。

一、颜色随想

A. 浅粉和淡黄

像玻璃制品的包装上常写的"小心轻放"一样，这是两种需小心对待的颜色。对于女人，这两种颜色可成可败，既可以锦上添花，又可以釜底抽薪。

先说浅粉，多么娇嫩的颜色。它让人一下想起在一片湖水上悄然开放的荷花。这些前世的花朵，不染尘埃，在露水与晨雾中，安然绽放。这种只比白多了一点点红的浅粉，是颜色中的十七岁，妩媚娇羞中，有一种宁静。这种颜色适合那些光洁清秀的女人，尤其适合妙龄少女。想想看，新鲜水果一样的女孩子，脸上尚有一层桃子那样的茸毛，在浅粉中泛起青春的红晕，何其迷人。浅粉安静却也挑剔，它与娴静优美、淡妆浅笑相和谐。而泼辣的眼神，粗陋的举止，甚至较为粗糙的皮肤，都会让这种浅粉"给点儿颜色看看"。

今年春节期间，我因病住院，我的主治医生王大夫是个年轻秀丽的女人。有一天，她在白衣服里面穿了一件浅粉的毛衣。我认识这件衣服，全城我只在一家店看到过它。记得当时我在这件做工精良的毛衣前还犹豫了一下，最终还是没买。因为我毕竟不年轻了，这不是轻易敢穿的颜色。现在，这件衣服穿在王大夫的身上，与她白皙的皮肤、轻柔的语调那么和谐。我夸她穿这件衣服好看。她笑了，说今天上班来，同事们都说，穿上这衣服女人味儿这么足！清风一样的王大夫穿着浅粉色的毛衣出入各个病房。轻柔的浅粉一下拉近了医患之间的距离。我突然发现，这淡淡的、看似毫无力气的粉色，当它以医院这样宁静的环境为背景，穿在王大夫这样的人身上，竟有了一种悲悯和安慰的意味。浅粉原来还是一种关怀。

再说淡黄。这是刚刚破壳而出小鸡雏的颜色，容易让人心头一软。它让人联想到春天的嫩芽、最初的迎春花。这种颜色，不易让人产生过激情绪。它有一种稚气和干净，又极易受到污染。你可以看到，在商店里挑选衣服的女人，她们看到这个颜色的时候，情不自禁就会流露出一种温柔。她也许没买这件衣服，但这种颜色，轻抚她的心，唤出了她的某种回忆，让她从心底涌出了对于生命的感动。与浅粉一样，这颜色，皮肤黑者不宜，过胖者不宜，粗声大嗓者不宜。还有一点很有意思，在夏天，某些小昆虫对这颜色也情有独钟。那种叫作小咬儿的东西特别爱飞到淡黄的衣裳上，其状陶然。它们甚至成群结队地伏在那一片淡黄上，像要举行什么活动。小咬儿它为什么如此喜欢黄色呢？我不是它，所以无从知道。

B. 深蓝与玫瑰红

蓝色来路悠远——这是天空和海洋的颜色。一袭阴丹士林蓝色旗袍，曾是中国女人风情万种的名片。深深的蓝色出身古旧——蓝花瓷、蓝蜡染布、蓝花被面、蓝包袱皮儿，顺着靛蓝向前走，一路蓝蓝的，好像就能迈进古代的村庄。对蓝的形容都那么好听——湖蓝、海蓝、天蓝、宝石蓝、孔雀蓝、公主蓝，好像一到蓝这里，诗意就盎然了。身着蓝色的女人，目光安详。她用不着眉眼飞动，她在自己的蓝色中，娴静端庄，早已自成风景。

红有多种。有些红并不好看，那种容易让人想起消防车和大标语的红，触目惊心，让人陡然。粉红很媚，却容易把人带俗。在许多红中，我钟情那种暗调子的玫瑰红。这种红沉静典雅，于不声张中有一种雍容。它美而内敛，漂亮而不扎眼。让人想起垂落的幕帷、玫瑰的花瓣、葡萄酒的琼浆。这种红，还让我想到爱情。

红与蓝像有某种神秘的感应。它们的组合很奇妙，红蓝牵手，有时甚至会有气度不凡的美感。小时候看歌剧《江姐》，看舞台上的江姐就义之前，从容地梳头，职业革命者同时也是一位仪容整洁的女人。音乐声如河水一般从我心上漫过。我看着江姐在蓝色的旗袍外套上玫瑰红色的毛衣，而后平静从容地向死亡走去。随着"不要用歌声告别"的歌声响起，泪水在我的面颊止不住地流淌。音乐骤起，舞台上灯光转暗，一束光打到江姐身上。那种庄严之美让我幼小的心受到了震撼。我在那辉煌的瞬间，记住了一个勇敢而美好的女人。红与蓝，就这样，作为一种经典的搭配，给我以深刻的印象。

C. 褐色与灰色

褐色是属于我的颜色。它让我的想象力得到了无穷无尽的扩展。远方的山岗、裸露的岩石、印第安人的营地、戈壁滩上的植物、麻雀的翅膀、泥土和河流……这是厚重的颜色。容易让人想起铸铁、铜制的东西、烟草与皮革。我说不出为什么与褐色那么默契，这其实是更适合男人的一种颜色。我总是情不自禁地选择褐色的衣物。这颜色像有一种安全感，有一份恒久与稳定，还有一种未知的、远方的元素。我最喜欢的一件羊绒大衣和风衣都是褐色的。它们包裹着我的躯体，为我抵御北方的风寒。我还有一条褐色的羊毛披肩，是纯正的俄罗斯产品。送我这条披肩的朋友，是一位善良的诗人。如今，他已在另一个世界了。一望这条披肩，心就先起了风。世事难料，这褐色里，从此住下永久的怀念和怅惘。

灰色也让我喜欢。它沉稳平实，像阴天时的天空，又像层叠的山岩，没有一点儿虚张声势的东西。银灰和铁灰，缺少明媚，雨雾迷蒙中，却仿佛蕴含着一种精神。只有少数人，配得上灰色。有一次，我说灰色其实很性感，被我的朋友大为嘲笑。她说对于女人，粉红之类的才是性感。我没争辩，但我觉得，如果是聪明的女人，把灰色穿好，一定会气质不凡。什么颜色都可能很性感，关键是看你这个人到底有无味道。无论男人女人，要是懂得灰色，都会穿出品位。

D. 白与黑

没有喧嚣和绚丽。白，这是一切颜色的开始，这是天鹅和云朵的颜色。像钢琴的琴键，清一色的白，经过手的弹奏，则能创造出美妙的音乐。白色是一种极端，拒绝一切限制和复杂，它简单又韵味无穷，禁得起任何挑剔的目光。穿着白色婚纱向爱人走去的年轻新娘，像一只美丽的白孔雀。什么颜色也无法在此时代替白，只有这种无色之色，与上帝面前的誓言和纯洁的爱情相匹配。

白色，是穿在身上的大雪。一件朴素的白衬衫，会让你找回十二岁时的某种感觉。我一直保存一件白衬衫，它早已又旧又小，我却舍不得丢掉。因为我穿着它的时候，既不是我丈夫的妻子，更不是我女儿的母亲。那时，我年轻、浪漫，是个正憧憬未来的女学生。青春的岁月里，松花江畔的风中，我穿着朴素的白衬衫，像一片白色的羽毛那么轻盈、单纯。后来，我拥有了许多身份，有了这些身份后，我的衣柜越来越肿胀，拥有的色彩越来越多，可是，就像我的目光不复清澈一样，我再也回不到当初的白衬衫里了。

沿着颜色的村落一路向前，如果说在褐色与古铜色那里，已呈现了沉沉暮色，那么，到了黑这里，我们就走进了颜色的深夜。

黑色，色彩的尽头，不露声色的覆盖者。一件黑色大氅，奠定了它在颜色中的重要位置。在色彩的国度里，黑色是牧师。与白色的婚纱遥遥相对，它成了葬礼的颜色。人们去墓地送别亲友，总是自觉地穿起黑衣黑裙。如此穿戴时，心情也渐渐浓成了墨。还有什么颜色能在此时将它代替？黑色凝重肃静，与泥土一起，深沉地，从此覆盖那些长眠的人。

　　黑色如同长夜，神秘玄妙，气韵幽远。一种说不清的魅力，在不见五指的黑色里蜿蜒浮动。

　　魔鬼身材的模特们，早以各种方式演绎过黑色。一袭黑衣，穿在她们身上，也确如青鸟翩然。但这是表演，总给人以符号之感，许多模特对穿在身上的黑色其实毫无心得。她们不是安娜——托尔斯泰让安娜也穿过黑色——她那与黑衣相得益彰的白皙，迷人的茸茸卷发，出众的美貌和气韵，在坎坷命运与爱情的背景下，是那么牵动我们的心。连托尔斯泰自己都没想到，美丽的安娜最后竟顺着那颜色的指引，倒在了永远的黑夜中。

　　要说对黑色最有体味的，我想大概可首推伊朗的女子。我没有去过伊朗，却在电视里、画报上，在北京街头，见过她们。一袭黑袍，长年累月地裹起她们的青春和窈窕，她们是把夜色穿在身上的人。这些身披乌云的女子，面纱下露出精致的轮廓和深潭一样的眼睛。那种包裹严密、让人不敢轻觑的神秘之美，那种带着距离和忧郁的端庄静穆，使她们虽站在你面前，却让人遥想千里，陷入类似怀念或迷惑的某种情感。

　　黑与白，是两个极色。昼与夜，沉闷与轻盈，明亮与黑暗，厚重与单薄。黑与白不是好相处的邻居。它们在一起，往往显得对比过于强烈，所以对色彩有良好感觉的人，往往会格外谨慎地对待它们。无论从黑到白，还是从白到黑，都有一条道路，这道路有一种内在的节奏，不容敷衍。如果掌握得好，轻重缓急和谐，自会取得最好的分数。黑白搭配得当，那效果更胜于红花与绿叶，就像沉沉夜色中，优美的、闪着清亮的月光。

二、小碎花和格子的魅力

A. 关于小碎花

小时候非常愿意看母亲开箱子拿东西。木箱又大又重，我总觉得那里面装的东西很神秘。妈妈每年都要把箱子里的东西拿出来晾一下。我发现，这箱子里最多的东西，就是那些纯棉花布。

这些花布非常好看，都是小碎花，各式各样的。我问妈妈积攒这些干什么，妈妈说就是喜欢，看见了就想买。妈妈教我欣赏那些小花布，我也渐渐领悟了这些小碎花的风情与生动。箱子里的小花布后来逐渐变成我和妹妹的衣裙。它们紧贴着我们的肌肤，看我们从小女孩变成了女人。

后来，我自己也有了收集小花布的爱好。每当在卖布的柜台前看到小花布，我就忍不住地站住，看一阵，实在喜欢，就买一块。没事的时候，将这些花布摊在床上，就像看一群眉清目秀的小姐妹。小碎花非常女性化。穿着小碎花的女人，是姐姐，是妹妹，是阿姨，而不是什么张科长王处长或者刘委员。小碎花娇美甜蜜，有种亲切可人的家常气，有女人独具的那种柔软。有人说，小碎花流露着一种小家子气。就算这话有理，就算你是大气的女人，穿穿小家子气的衣服，有什么不好？况且，真正大气或小气的，只能是衣服里的人。不管是否是春天，小碎花都兴致勃勃地开在女人的身上。穿着小碎花的睡衣在灯下编织或看书；穿着小碎花的连衣裙在市场上和小贩讨价还价；穿着小碎花的衣服去赴约会；穿着小碎花走在乡间或城里的路上；穿着小碎花一心一意地做女人。

B. 关于格子

　　一说格子，容易让人想到遥远的苏格兰，那些穿格子裙子的男人真是挺可爱。苏格兰方格，其实是很简单的图案。可能就是因为简单，它才经久不衰地流行着，被演绎得无穷无尽。哪个女人（其实也包括男人）会彻底拒绝格子衣服呢？颜色协调、搭配合理的格子，能给人带来一种真正的赏心悦目。我曾把一件黑白小格子、中式小立领的亚麻短袖衫送给一位年轻的女诗人，她穿上后清清亮亮，两条光洁的手臂，一双清澈的眼睛，像是一个从30年代走来、从戴望舒的雨巷里迈出的、丁香一样的姑娘。

　　同是花格，衣裳上的大格子，往往洒脱不羁，有一种豪放和粗犷之美；而小格子疏密有致，精巧秀气，给人以清爽之感。同样的格子，颜色不同，质地不同，都会在视觉上产生不同的效果。我比较喜欢格子，是因为我觉得在那种貌似规则的图案中其实藏有变幻。几条线，就能营造出醒目的视觉效果，可横看亦可竖看，趣味盎然。我有一件红黑格子的外衣，红与黑有力地交叉着，像是一双奔放的手在强劲的音乐声中画上去的。不知为什么，这衣服总能让我想到卡门，好像卡门她就穿过这样的衣服。记得那年，在莫斯科的郊外，我见过一群吉卜赛人。其中一个女人全身裹在一块粗放的花格呢子之间，只露出一张生动的、浅棕色的脸庞。她全身的绚丽斑驳和眉宇间那种野性之美，让人过目难忘。

小碎花使女人柔软可亲，格子则在女人的味道里又添加了几缕英气和开朗。有柔有刚，软硬兼施，今天小碎花，明天是格子。女人神秘地变幻着，千人千面，风姿绰约，世界因此移步是景，美不胜收。

三、感觉质地

许多人不介意衣服的质地，这可能是一种潇洒。我是有些介意的。

最喜欢的就是棉布，而后是真丝，前者我信任，后者我钟情。

布的出身正派良好，让人放心。想那洁白的棉花从田野而来，经过勤劳而灵巧的手，最后变成了布。它通风、透气，没有合成纤维那种时髦和令人生疑的光滑。穿纯棉的衣服，不用担心那种噼里啪啦的静电。它对皮肤亲切关爱，越洗越柔软，越穿越舒服，像手足间的亲情。布具有平常心，风吹雨打后，愈见素朴洁净。晾在阳光下清风里的布衣衫，随风轻摇，自成风景。一眼望去，让人神清气爽，缓缓生出对家常日子的眷恋。我总能想起从前那种常见的大红花被面，它们那么热烈、绚丽，带着一种憨厚的土气。它们毫无顾忌地开放着，本色质朴，简直就是农妇们开朗笑声的骤然凝固。现在，这种乡野的美丽重新成为时髦，被城市里的时髦女士们不断演绎着。一些酒店为制造乡野气息，也用这种纯棉大花为描眉打鬓的服务小姐们做服装。可是，大红花布它是认家的。一旦离开属于它的地方，它就水土不服。正所谓聪明反被聪明误，那种村姑般的美丽于是在用心良苦的制作中憔悴了。

穿纯棉衣服，过平凡日子。亲爱的棉布，和我们情投意合。

而那真丝，布中的贵族，桑叶与蚕的杰作。它既具备棉布的品格，又比棉布更华贵精良。它从布家族的深闺走来，典雅持重。柔软的质感，和谐的颜色，轻风一吹，细细的皱褶变成了湖水的涟漪。真丝最能述说女人的风情。在陈逸飞的画里，那些与琵琶、箫声相伴的女人，温婉而神秘，古旧又遥远。丝绸妥帖地映衬着她们，让这些画中人幽幽地散发着梦一般的气息。中国的丝绸，陪伴过中国一些最美好的女人——西施浣纱时的裙裾，昭君出塞时的斗篷，鉴湖女侠秋瑾的锦缎夹袄，宋庆龄素雅整洁的旗袍……你可以在专卖真丝制品的商店静静地观赏，你会发现，有些真丝的衣服也许并不好看，但它绝不会刺眼，这就是质地决定的。望着那些图案和色泽，你可能会浮想联翩。你的耳边，也许就会响起——遥远漫长的丝绸之路上，那些当年的驼铃……

我有一件月白色的真丝睡裙，买它时因为价格不菲，曾小有犹豫。我和它在异乡邂逅，它在被冷落的柜台里，等我多时了。我把它拿在手里那一刻，心轻轻一动。那种滑爽和温柔，那种洁净和恬然，好像就要对我开口说话一样。它质地精良，毫无瑕疵。谁设计了这么动人的睡裙？它样式简洁，却悬垂飘逸，宽大的灯笼袖、垂及脚踝和随风轻扬的下摆，一如古希腊人的飘飘长袍。穿上它，像是有水自肩泻下，仿佛披了一身的月光。

我非常喜欢这件睡裙，夏天，沐浴之后，我穿着它赤脚走在家中的地板上。风从窗子吹进来，我的裙子和风轻轻耳语。穿着这样的裙子，会生出一种自己爱自己的感觉。

曾有那样一个晚上，我在这睡裙上套上一件风衣，去了晚风中的松花江边。那天，江风很大，我宽大飘飞的裙子就像大鸟的翅膀。脚下是松花江的波浪，头顶是一轮明月。我好像得使劲站住，才能让自己不飞走。我的肩头，环护着一双温暖有力的手。那一刻，我满足而幸福。心也变成了丝绸，在月光与爱意的呵护下，闪动着光泽。

云想衣裳，衣裳也想云。我不知道别人，在我年轻的时候，多少次幻想，身上的衣衫能变成带我起飞的羽毛。我们在衣裳上留下了生命的痕迹，留下了过去的日子。那些留下过吻痕或泪水的衣裳，那些看一眼就兴奋或像刀扎一下的衣裳……活在这万古常新的世界上，千衣万裳里，留下了我们多少体温和气息？深藏起多少心事和隐秘？将衣裳一件一件穿上再脱下，看穿旧的衣衫带走青春年华，看崭新的衣衫上寄托憧憬和希望，看衣裳里的躯体从年轻到衰老，看一个个穿衣裳的人从有到无。这一切是喜是悲？是失去还是拥有？是短暂还是长久？

我，说不清了。

礼　物

　　朋友给我送来一份礼物，她说，你一定喜欢。此时，她抱着一个很大的纸包，用那种我们怀抱婴儿的姿势。我很好奇，打开一看，竟是一卷白色的亚麻布。

　　岂止是喜欢，我有点儿不知说什么好了。谢谢？太轻了。我俯下身使劲闻了一下，真喜欢那种布的气息——用鼻子鉴赏某些东西，在这点上，我倒和狗有点儿相像。

　　白色和亚麻都是我的所爱。亚麻纤维是世界上最古老的纺织纤维，尤其这卷布出身不凡——朋友家自己开了工厂，辛辛苦苦地劳作，这是我朋友织出的布。劳动、友谊、美，一点一滴的操劳，各个环节的用心，从布的纹理到她眼角的细纹。辛苦和期待，岁月里的苦乐，对友人的美意，都在其中了。

　　这样的礼物除了带给我温暖、踏实和可靠，还带来一种近于诗意的感受。毫不扎眼的白，安静的颜色和质地，会让人唤起许多关于美好往事的回忆。我一下子想起少年时代，我穿着样式普通（其实都说不上样式）的白衬衫，居然心怀那么多美好的憧憬。对我的白衬衫，我有一种郑重的爱。因为它和我许多难忘的活动和日子相关，其实，那就是我少年时代的礼服。

　　一个倒霉的午后，心爱的白衬衫被一个淘气的男生弄上了蓝墨水，待我发现时，蓝墨水已经干透，像结痂的伤口。记得当时我都来不及愤怒，飞奔到学校的水龙头前。为了洗净墨渍，我几乎洗破了双手。我到现在还记得当时的悲伤，那是一种面对心爱之物被损毁的绝望。让人疼惜的白色，它让我在那个午后开始懂得，猝不及防的破坏，有那么大的杀伤力。它不仅伤害有形的物件，还会伤及无形的精神。无论面对有心还是无意的伤害，人有的时候，真是无奈啊。

　　至于亚麻，是我最喜欢的面料之一。我的衣柜里总会有年度淘汰，可经年不舍的那几件衣服，几乎都是亚麻的。褐色的亚麻衬衫，像是把秋天的一角披在了身上；小碎花的亚麻长裙，让我穿上它的时候，心事也趋于平凡和简单。蓝色绣花的亚麻围巾，缠在颈间常会想到神秘遥远、诞生《一千零一夜》的国度。我觉得亚麻与人有一种默契。作为面料，它容易出那种细碎的皱褶，就像它累了似的。布也知道疲倦，这恰恰让我有一种放心。它是真实的布，犹如真实的人，怎么能毫无瑕疵呢？我和我所喜欢的人都有缺点。我们互相包容，彼此在原谅中欣赏，带着一些遗憾走过人生。那种无论怎样都光滑挺括的面料，就像从来都不犯错误、永远不动声色的人，正确得让我有些生疑，精明得让我敬而远之。

　　我抱着这些布，觉得和朋友贴得很近。我为这样的礼物感谢朋友。我会用这些布做成床单，沐浴后让身体躺在一片舒适的洁白里；我还会用它们做成古埃及人那样简单宽松的衣衫，而后就如穿着云朵一样，走进尘世的五彩缤纷之中。穿这样的衣服，铺这样的床单，在细节密布、日复一日的生活里，感觉着亚麻的敦厚纯洁，感觉着干净的白，自然会生出一重小心，远离一些我认为是不洁的东西。

领袖之事

　　某年我从杭州带回一块真丝面料，花色和质地都属上乘。夏季来临，拿到一家相熟的成衣店，我对裁缝师傅说，想做一件无领无袖的衣服，穿上凉快又舒服。师傅已是熟人，看了面料真诚地说，照你说的那样做，就瞎了这块料子。无领无袖，又不是礼服，做着倒是省事，可是你看，这么好的料子，该做一件正经衣服。再说，你说的那种衣服，根本不用到我的店里来做。再考虑一下吧。

　　我笑她放着生意不做，相当于出租车司机的拒载。她一边笑一边说，她是正经裁缝，不光图挣钱，还图名声。真丝面料华贵漂亮，而无领无袖的衣服样子随便，不搭。这便是老派人物的做法，不管做哪行，细微之处，也坚持自己的操守。君子行事，名节比利益更重。

　　因为无领无袖，就不算是正经衣服。可见领袖对于衣服之重要。惯于胡思乱想的我，从裁缝店往家走的路上，不由得生出许多有关领袖的联想。

　　领子对于衣服，用个不算恰当的比喻，有点儿相当于一个单位的领导。端坐衣服之首要部位，领子的权威和重要，于无声中悄显。服装变化再大，再花样翻新，最终也难离衣领与衣袖。缺领少袖，看起来更像把一只袋子套在身上。统领或者纲领，大抵由此而来的吧。

20世纪六七十年代，所有让人看着漂亮，显现人体曲线、优雅和美丽的华服美裳，都窘迫知趣地消失了。在激荡的时代风云面前，这基本就属于轻浮了。国土广袤，与时风相匹配的衣服样式和颜色却只剩下寥寥几种。当时的中国，没有人会想起或说出"时尚"这般词语；不可能也不会有谁尚有闲心把衣服换来换去。没有谁会认真打量彼此的着装，如果真的打量起来，也肯定会相互生厌。因为衣服的颜色，就像响应一个统一的手势，灰黄蓝，几乎没有再选择的空间；而衣服的样子，总的来说，就是已经不成样子。后来看到那个时代国外的报刊或时尚杂志，真是唏嘘感叹：同为人类，那一直被我们惦念的"三分之二"，脸上的舒展与身上的衣衫，竟和我们有那样的天壤之别！

埋藏在人身上的天性是神奇的。就是在那般环境下，依然有人千方百计想在有限的空间里，展开各种努力，让自己看上去更顺眼或更出众些。尤其是女孩子们，来自生命深处的爱美之心，尽管受到压抑，还是如同石板下的小草，竭尽力量地曲折生长。作为城市里长大的小女孩儿，尤其是像哈尔滨这样有过"华洋杂处"往昔、有过时髦背景的城市，我们的眼睛看过风情摇曳的服饰，有过穿好看衣服的经历。家里存放的画报、母亲们年轻时的照片，还有对从前电影戏剧女主人公服饰的记忆和倾慕，在我们这些小女孩稚嫩的心里，留下过美好的痕迹。尽管穿着必须朴素生硬，可我们知道什么是好看。受母亲影响，我自小对仪表敏感，喜欢漂亮的一切，不愿穿得像只灰突突的老鼠一样。所以，我和我的伙伴总是要想办法在单调中有小小突围。不是没有样子新颖的衣服嘛，那么至少，还让我们看到了具有象征意义、不会招致白眼的小小衣领。

我依稀记得，那小假领好像是从南方传过来的。反正我最早看到假领，是在一群当年的上海女知青身上。她们到黑龙江上山下乡，来回换车时，常出现在哈尔滨的街头。这些比我们略大、南方籍的女孩子，穿着当时兵团战士统一配发的黄棉袄或黄军装，已经看不出年轻窈窕的身材。可她们的领口，有时会悄然翻出一个洁净好看的假领，衬出南方女子的清秀和女孩子独有的纯洁。犹如沉闷封闭的院墙内悄然探出一枝俏丽的花，那些被黄军装包裹的女孩子，一下子显露了柔软洁净，让人看去心头一软。

我们可以说无条件地喜欢假领了。在不会有很多衣裳出售的商店里，卖假领的柜台前，常常有许多停留注目的年轻女孩儿。没有许多衣服的我们，可以有不止一个的假领。假领装扮成衣服的样子，在外衣之里，在少女光洁的颈项之上，或隐或现、捉襟见肘地展露青春情致，给女孩子们带来一薄片可怜的快乐。

我于是就拥有了好几个这样的假领。干巴巴灰色或蓝色的外衣里，露出那么一点儿好看的假领，就一下有了变化。尽管多是素色布料，但也算是单调之中的小小风光了。一缕春色从紧闭的门里悄然挪了出来。调皮、精致，且自带风情。

小小假领满足了我小小的虚荣心，也激发了我的天分。我想起喜欢华服美饰的妈妈有一大卷从前留下的蕾丝。家庭出身不好的母亲，自然有满脑子的"坏思想"。她一直认为，一个有女儿的家庭，这种东西会用得长久。于是，在一堆旗袍、布拉吉什么的被绝望地改成围裙，或者干脆沦为抹布的同时，这一大团蕾丝也不再安居衣柜深处。宫女变成烧火丫头，蕾丝可以任我随便处置了。我于是无师自通地把不同颜色的蕾丝缝上不同花色的假领，让普通假领再长出一圈可爱的花边。假领于是平地升级，妖媚柔美，身价倍增，简直就到了接近华丽的地步。我的小伙伴对我羡慕有加，她们对我领口风光的评价是"像外国人"。

我和女儿说起这些陈年往事时，以为她会感叹唏嘘，没想到她简直就是嗤之以鼻：天哪！太土了！她不知道那是一个精神怎样沉闷、物质何其匮乏的年代。那个被她称为太土了的"小破假领"的东西，给当年暗淡岁月里的少女，带来多少穿着上的快乐和心理上的安慰。我曾送给我的女伴一个淡蓝色带蕾丝的假领，她拿在手里那种喜悦的表情，让我今天依然难忘——那是现在已经荣华富贵的她面对诸多名牌套装从未有过的满足和欣喜。

从领子顺路而下，来到了袖子。

看那些老电影，无论是英国的贵族，还是中国的绅士，袖口永远是讲究的。穿西装的时候，衬衣的袖口在手臂垂直之时，按规矩要长出西装袖口一厘米左右；若手臂前伸，衬衣袖口未露到西装袖口之外的话，这件西装通常是不合体的；衬衫的袖口露出时，一定要把扣子扣上。这都是那个裁缝朋友告诉我的。

男人西装上衣袖口处，一般会钉两三枚小纽扣做装饰。这小小纽扣，据说与法兰西的拿破仑有关。传说拿破仑一位手下战将能征善战，可此君相当不拘小节，常常风纪不整。尤其让拿破仑看不下去的，这位爷有时还往袖口上抹鼻涕，粗鲁之态很是不堪。注重军威的拿破仑多次训诫，仍不见效。为此把一个将才开除军职，有点儿说不过去。聪明过人的拿破仑于是传令：从此，将军服的袖口一律安上装饰性尖铜钉。让你擦鼻涕！看人家拿破仑，真是不俗。一个有调皮之心的领袖。多有趣儿！这装饰不仅看上去显眼漂亮，添威仪，壮军容，还迫使邋遢将军乱抹的陋习得以纠正。以后岁月沉浮，尖铜钉逐渐演变成了今天的装饰扣，而且身份转换，实用变为审美，一点点从袖口的正面悄悄移到了背面。

我喜欢这个传说。我觉得这位拿破仑真是可爱。他天性里秉承了法国人刻骨的浪漫。从实际出发，既解决了军中问题，又无意中促进了服饰的改革，举措演化成时尚。处理问题轻重均匀，权威之中有克制，让责备和不满转身变为行为艺术，大人物的小招数，让人不禁会心一笑。

衣服真是挑人。本来会让人显得精神、庄重的西装，在一些人身上会显露奇怪、滑稽甚至可疑的感觉。这和教养、气质或者习惯相关。我想起那年和几个人外出，某男士就是舍不得撕去袖口上的商标。他还特别爱挥动手臂，给人感觉他的胳膊好像也来自某厂家或品牌，样子委实可笑。我实在忍不住，就告诉他带着商标其实不好。他虽然摘下，但能看出来，是嫌我多事了。

与西装相比，被称为唐装的中式便服常常衣袖相连。这类衣服的袖子通常要翻出一截，看似无用，却自有一番情致，犹如文章中最见功力的闲笔。中式便服宽衣大袖，飘逸典雅。看上去舒服、自信，有一种让人松弛的美感，于无形之中蕴含着历史的深邃和久远，显露着古老东方的情调。这样的衣服再配上君子做派，让人看了真是赏心悦目。在我住的地方，早晨常看到一白发长者，精神矍铄，一身淡黄色中式绸衣，在小区花园的灌木丛前专注地打太极。晨风中，老人衣袖翩翩，神态从容，从形到神，古意悠然。

现在的年轻人衣着上已越来越随意，休闲的服装颇为流行。年轻的躯体精力旺盛，年轻的心更像是在赶路的风。他们喜欢穿没领没袖，看上去甚至没有样子的衣服。因为青春本身承受不了那么多束缚，还有漫长的一生去穿那些正式服装，还有的是岁月必须一本正经。然而一旦进入某种场合，进入竞争激烈的职场，聪明的年轻人，已经无须我们提醒，他们是现在的人，深谙处世之道。竞争的法则已经让他们明了：不是原始社会了，服饰和前程，已有某种神秘的联结。

我是反感繁文缛节的人。穿衣服，从来选择样子简单的。因为我没有什么太多必须郑重严肃的场合。即便有，也是尽量不去就得了。但对洁净，却总是有些介意。尤其袖口领口，我认为是衣服的重要区域，是服装的外事部门，不可粗心大意。领口袖口总有污渍的人，一望就觉得有不洁之嫌。让人不舒服外，还让人有点儿不放心。穿好穿坏，或许与贫富有关，可干净与否，决定在自己。我从前有个同事，无论多忙多累，都要把脏衣服洗净。我记得他只有两三件衬衫，但总是干净清爽，和这样的人交往，让人有舒服的感觉。可相反，看到对面夸夸其谈的男士领口一圈肮脏，有如黑色镶边，怎能如沐春风？如果面对之人不仅领袖肮脏，再散发出莫名的气味，那杀伤力可真叫一个强了。

年轻时我的一个女同学被家里人带去相亲，去了没一会儿工夫，怒冲冲地回转。问她怎么样，她说，是猪！我们还以为对方是个大胖子，原来，那个他，罪在忽视个人卫生。"头发油乎乎，领子上一圈黑，袖口也脏兮兮的，看着就恶心"。

那小子倒霉了，来相亲也不说收拾一下。据说他一厢情愿，一直在试图说些什么。可在袒露心扉之前，他忘记了洒扫自身门庭。尽管我们根本没见过他的黑领脏袖，却一起加入了声讨：就是啊！不缺胳膊少腿的，洗干净衣服再来就不行吗？那么脏，肯定懒；懒，就是不要强；不要强，太没劲了！就算他是故意的，装有性格，也太过了吧。能装的人多烦人啊！

总之，那天晚上相当过瘾。女生宿舍的这种话题，从来五彩缤纷。我们都对家长逼着相亲这事反感，巴不得这事不成。我们又都年轻气盛，自我感觉良好，觉得尚有很多干净又优秀的男生在等待我们挑选呢。（咳！）我的同学去见面时可能就心怀成见。黑领脏袖的小伙子真是撞到枪口上了。那夜我们从男人的领口讨论到男人的品质，最后一致认为：脏的、懒的、装有个性的，通通不要！

穿衣经验已让我明白：衣服的领袖其实也是一种秩序。人来到世界上，从赤身裸体到越穿越多，从式样简单到越穿越烦琐，衣服渐渐有了意味，成了年纪、身份、教养的符号，成为人的另一种皮肤。

领袖更是多么重要！领为头脑的伸出之所，袖为手臂的展现之处。可能就是因为二者喻指思想和力量，才逐渐引申为领导人。所以，领、袖不仅样子质地有高低美丑，还一定要清爽干净，注重美感，经得住挑剔。让那些看到它们的目光，生出信任和喜欢。

大到人生、小到衣衫领袖之事，寻常的事物里，总是埋藏深意。如果把追求完美写进生活的内容，我们释放的能量可能都会让自己吃惊。吃家常饭、穿舒服衣、读圣贤书，本分为人。如此居家度日，平淡的日子也会有抒情迷人的成分，而因此生出的心旷神怡，会让人有稳妥美妙的感觉。这种感觉有助于我们变成体面之人，能让我们安度漫长的人生，让我们用自己的手，把那些琐碎庸常、含辛茹苦的岁月，轻轻提升起来。

我　　家

　　我要结婚的时候，母亲有些不好意思地对未来的女婿说："我这个女儿没教育好，没心没肺的，也不会干活儿。要是当不好主妇，你以后就要多担待了。"那内疚的样子，就像是为质量差的产品做抱歉的说明。丈夫抬起头，也有些不好意思地说："生活是两个人的事，她不会干我干。"我父母感动地交换一下神色，终于有了那种丑话说在前头的宽慰。

　　一晃女儿十二岁了。我已学会了从琐碎的生活中，体味岁月的平凡和悠长。同时，也终于以"把家弄得乱七八糟"而小有名气。来过我家的人各有评价，可关于女主人不算利索这点，基本上是一致的。我楼下的一位邻居还添油加醋地说："就是把家故意弄得那么乱，也不容易。"

　　我的确是利索不起来，尤其不能按常规把家收拾得有条不紊。一位外地作家在我家酒足饭饱后说："你们家真是挺好，有特色。就是有点儿乱，不像你们的家。"问他为什么，他说像是大家的家。还说："我看到你们家至少有八把牙刷，可你们不就三口人吗？再有，我看你们找东西像是在别人家找，一点儿没门道。"后来，有评论家说此君小说的细节描写独到，我信服。

我有位女友是黑龙江一位画家。几年来她历尽艰辛，哪儿荒无人烟去哪儿，画出一片寥落和苍凉。当记者的丈夫嫌画家妻子把家弄得太乱了，没心思吃晚饭。聪明的妻子就挽着他来我家散心。推开第一道门，那位丈夫尚满面春风，再开一道门，就双眉紧皱了。待到勉强腾出地方吃我做的一流饭菜时，他终于忍不住一吐为快了："真是宾至如归啊！比我家还乱！"两位丈夫感叹唏嘘，而画家则放声大笑。领丈夫见识"天下乌鸦一般黑"，这是一种貌似温柔的阴险。

男人的许诺不能轻信。十几年前父母面前的深明大义，早已烟消云散。十几年的生活中，我听到最多的一句话就是，看看咱们这家！可无论是怎样抱怨，还是有意无意对别人妻子的夸奖，对我都如风吹窗棂，过去就算了。再说丈夫也不是什么利索人，只要不外出，在家就永远找东西。车钥匙、工作证、剃须刀、电话本之类，总是在一些不可思议的地方找出来。去年冬天，作协机关正开着庄严的大会，一同事进来说："你快打车回家吧！你爱人在邻居家来电话，他正穿着衬裤站在走廊，钥匙落在屋里了。"弄得大家哄堂大笑。我们是这么般配，按说彼此就不该挑剔了。他却总忍不住夸别人的妻子，比如我们楼下的一位女士。

这位女士是我的朋友，除了干净利索，最大的特点就是经不得夸。有一天就婀娜上楼来，说要给我"收拾个样子"！一下午工夫，家在一双巧手下脱颖而出，那种魔术似的变化，把我镇住了——拖鞋居然按大小排成一条线，像是正在向右看齐的士兵；床罩似乎屏住了呼吸，平整得你休要生出往上躺的念头；杂志码成了一刀切下的豆腐；靠垫一律委委屈屈靠在墙角，吓得不敢像平素那么膨松了。毛巾、茶杯全像从饭店或酒吧培训归来一样，低眉顺眼地守在指定的位置上。

这难道还是我的家吗？我看丈夫也傻了，笑得极不自然。这么好的一个家，女主人肯定不是我。就像有一次我穿着妈妈买的一条深蓝色毛料裤子走进编辑部，同事们哗地一笑，说这裤子穿在你身上这么别扭。大家看惯了我松松垮垮的装束。我望着被一双巧手整治过的家，终于明白了这是楼下女士在楼上新辟的分公司。我坐在这样的家里，能获得别人的夸奖，失去的却是舒适和随便。有可能还会失去我那已习惯在一片杂乱中生长的想象力、创造力，变成一个终日拿着抹布找灰的人。我递上个削好的苹果，对辛苦了一下午的女友说："就算你是见义勇为了，可家又不是宾馆，有必要这么井井有条吗？"气得她大骂我不可救药。

我乱七八糟的家很少有客人，偶尔来的，都是我们的朋友。他们都不挑剔我们家。就像年轻的诗人全勇先说的："别看乱，就是温馨。"他说这话时，两只瘦腿盘坐在地毯上。地毯上铺着产自台湾的凉席，坐在上面，很容易启发人心怀祖国统一的宏愿。

人至中年，喜欢与厌恶的一切，基本上不再有太大的改变。我爱我的家，它是滚滚红尘中一个干净的角落，是我们燕子衔泥般筑的巢。说到燕子衔泥，我就有种感动：天空辽阔深远，燕子还是得给自己造个家。自由的翅膀也需要歇息，浪漫而实际，这为人生提供了一个范本。

我家中许多在别人看来平常的物件，其实是意味深长的。那土陶的花瓶，是画家女友相赠，我在上面放上另一位友人送的白珊瑚，从此让它开着海里的花；墙角那支红高粱，来自 1989 年 5 月哈尔滨一个早市，女作家王娟从进城的农民手中买下它，高举着来送给我女儿；那古朴的、谁来谁问的瓷瓶来自南岗区一个垃圾站，我手疾眼快发现了它，从此改变了它的命运；那稚拙的布画来自南斯拉夫，不知那创造它的艺人，可否躲过了战火？那一束美丽的秋叶来自普希金散步的皇村，把它吹成酡红的是俄罗斯的秋风；那尊朴素动人的小泥佛，来自神秘的古格王国，轻轻把它包裹起来的那双手，写出了令全中国文坛震动的文字；那纯棉质地的蓝条床单，是我婆婆亲手织成，那上面散发着中原一个厚道人家的气息，有照着婆婆夜夜织布的月光；那厨房里洁净的大号蒸锅，是楼下那位利索女士含泪所赠，这位当年的兵团战士终于在去年调到上海，与分居十几年的丈夫团聚了。她临走嘱咐我："你们胃不好，多蒸些发面的东西吧……"

对于我，这些东西早已超出了它们自身的意义。它们已是一种情缘，一种与我情感牵连的生活轨迹。它们来自这世界的四面八方，丰富了我平凡的日子，成了我家的风景。

今年初夏的一天，我与丈夫晚饭后去散步。走累了，就坐在田径场外的台阶上。风吹起我拖在脚踝上的长裙。望着跑道上新刷的条条白线，望着远处婆娑的树影，我忽然有了一种很深的感动：这场人生，我与身边这个人相伴，已在看不见的跑道上跑了多少圈了？我把头靠在他肩上，温柔地问："来世，你还娶我吗？""不！"回答居然是断然的否定，好像他还有点儿生气，"我这辈子还没受够啊！来世我当你爸，好好教育教育你！"我恼怒又有些伤感，夜色中他看不到，我眼中已含满泪水。不娶拉倒，至少这辈子没娶上我的人，来世有指望了。

不过来世我要是成为男人的话，我肯定去娶一个像我这样的女人。我要比我现在的丈夫做得好，一句也不去抱怨。我不用她多么利索，只要她是我要的那种人，只要她爱这个家。家就是家，不是别人参观的地方。只要在外面的劳碌奔忙中，想到自己那小巢，一下子有了那种潮湿温暖、那种让鼻子一酸的亲；只要那飘动的窗帘下，永远站着那个愿意与我相伴一生的人。

流泪的目光

我很小的时候，就知道爱因斯坦了。因为我总能听到父亲他们说起这个人的名字。他们崇拜敬佩这个人，说起这个名字时总是情不自禁地赞叹："这才是伟大！"我对这位 20 世纪的巨人于是有了种距离遥远的尊敬。然而这种尊敬，也就是仅仅知道他是一个伟人而已。

成年后，像许多人一样，我懂得了爱因斯坦对于整个世界的意义，崇拜油然而生。我甚至喜欢他的那副相貌。望着他那张著名的头像，我常常联想起一只老狮子，平静地卧在丛林深处，忧郁深邃的眼神里，有一种神奇的力量。爱因斯坦这只老狮子，就这样默默地注视着我们的生活。

女儿幼儿园要毕业的时候，我带她到那所她就要跨进的小学去，想增加一下她对小学生活的感性认识。这所小学给了我良好的印象：洁净的走廊墙壁上，悬挂着那些杰出人物的肖像。让孩子在这些人的目光下，开始她的小学生活，我的心感到一种满足。女儿仰着她的小脸，一张一张地看着。忽然，她在一幅肖像前站住了。"他是谁？"画像上的那个老人一头苍苍的白发，宽阔的额上刻下了深深的皱纹，一双哀伤的眼睛正望着我七岁的女儿。我告诉孩子，这位老人是爱因斯坦，一位伟大的科学家。

"他很了不起吗?"女儿问。

我点点头，对! 他非常了不起。我站在那儿，情不自禁想起从前我和父亲也曾有过的对话，就把手轻轻放在女儿头上。奇怪的是女儿依旧愣愣怔怔望着那幅肖像，悄悄问道:"妈妈，这老爷爷为什么要哭了呢?"

我的心被孩子的问话震动了。一个七岁的孩子，她竟看出了爱因斯坦的泪水。她还不懂得爱因斯坦，可是如我当年一样，她喜欢这个老人，她感觉到了这个老人的痛苦。女儿那种深含同情的眼神深深打动了我。抬头一望，真的，那位伟大的老人就要哭了。他眼神哀哀的，那么难过。这位收获了全世界的敬仰的天才，他为什么那么忧伤呢? 从此后，每当我见到这幅肖像，我的心头都有一阵波动。

直到两年前，我看到了摄影大师哈尔斯曼的艺术札记，才解开了心头的谜。

哈尔斯曼就是为我们留下爱因斯坦真实瞬间的摄影家。

1947 年，终于鼓起勇气的哈尔斯曼，来到了爱因斯坦面前。从不愿拍照的爱因斯坦破例很配合，静静地在那里做数学运算。

忽然，这位老人抬起了头，盯着相机说话了。他说，他很绝望，因为他的公式 $E = MC2$ 和他写给罗斯福总统的信阐述了制造原子弹的可能性，而他的科学研究却给那么多人带来了死亡。这位酷爱和平的老人正在为自己的知识忍受折磨，善良慈爱的天性使这位天才的物理学家难以安宁。哈尔斯曼动情地记下了当时的情景——

> 他又沉默了，目光中流露出巨大的悲哀，饱含疑问和责备。刹那间，那景象几乎使我瘫倒在地。我努力按下快门，爱因斯坦抬起头，我问："那么您不相信会有和平了？""不。只要人类存在，永远会有战争。"

哈尔斯曼就这样留下了那张真实而有力度的照片。当他把照片给爱因斯坦的女儿玛戈特看时，玛戈特的泪水夺眶而出："我说不出这幅肖像有多打动我。"

这幅肖像也深深地打动了我。

当我读到这段文字时，泪水也是夺眶而出。我甚至不再敢看那双饱含忧伤的眼睛。

买回这本小书的那天，正值哈尔滨的深秋。我走在秋叶沙沙的街道上，说不清是一种怎样的心境。我无法摆脱那流泪的目光。

一个为世界不安的人。

一个为整个人类忧伤的人。

一个肩头担起道义和良心的人。

我是在那一刻懂得了，忧伤和悲哀也是一种尺度，它能如此精确地衡量出一个人真正的质量和品级。

我想起我自己。那些曾痛苦地折磨过我的忧伤和苦闷。我想起那些琐屑的烦恼、忧虑，那些顾影自怜的难过。这些忧伤在这位老人面前，是多么浮浅。它们就像这遍地秋叶一样，轻轻地随风舞动着。

而爱因斯坦的忧伤，像一条宽阔深邃的大河，冲刷淘洗着我们的灵魂，滋养润泽着我们的精神。这个白发老人流泪的目光，对于我，永远是一种深长的教育。

两年来我常常独自一人面对这幅肖像，阅读那流泪的目光。时光飞逝，当年七岁的女儿已经读初中了。但她还是孩子，还不大可能为爱因斯坦的目光震动。可是她正在长大。有一天她也会和她的母亲一样，从心灵深处生出一种敬仰，敬仰那些为世界担负痛苦的人。她也会静静地望着那隔世的、永恒的、流泪的目光，默默地思忖着自己的人生。

我的火柴和蜡烛

前几天，和远在重庆的女诗人傅天琳通电话。她用那种带四川味的普通话说，重庆很冷，零下三四度呢。我大笑，说哈尔滨不算冷，当天才零下二十三度。前几天要冷一些，零下三十度了。她知道我在取笑她，就非常认真地用那种傅天琳方式告诉我："真的很冷。不骗你，大家都有这样感觉。"那种南方人对待冷的郑重和诗人的纯真，让我莞尔。

我是在寒冷中长大的人。每年冬天，从西伯利亚风尘仆仆赶来的冷空气，作风相当硬朗，让哈尔滨经久弥漫着清冽、寒凉的气息。北风那个吹，刀尖儿一样地吹，雪花那个飘，没完没了地飘。这是删繁就简的季节。松花江冰冻三尺，树木失去了叶子，好像一下子昏了过去。此时，酷爱游泳、野餐，在露天大排档尽情喝啤酒的哈尔滨人"猫冬"了。外化的、聚众的活动减少了，自己独处的时间变长了，私人生活相对更为隐秘。街道上，车与人像默片时代的电影画面，悄然移动。尤其是大雪飘飞之时，楼宇披上了洁白的大氅，冰雪覆盖了往日的芜杂混乱。一个冰清玉洁的童话世界在眼前呈现了。这种寂寥的背景，变长的黑夜，适宜敛声静气地静思和自省，适宜阅读经典，适宜书写信札，也让人不知不觉间，就会生出些忧郁和惆怅。

每年冬天，都是我写作最有情绪，或者说创造力最旺盛的时候。天地空旷，白雪茫茫，容易使人陷入思索、回味、浮想联翩。前尘往事，远方，未来，思虑和忧伤，心事一下变得阔达和深远。

诗歌写作，是我此生领受的最大恩泽。我觉得自己找到了一条最有可能接近优美与崇高的道路。这条路上可以一意孤行（当然，行走中会发现同道，会惊喜，会彼此心领神会地致意，也会有人选择呼朋引伴而行）。我没有能力在现实生活中"诗意地栖居"，却在诗歌中找到了可以庇佑自己的屋檐。写作，这古老的生命仪态，我以此来修自己的道行。这么多年来，一边感受词语无边的魅力，一边体悟精神的丰盛和深邃。这种体验真是妙不可言！我想，所有真爱诗歌的人，都不会为自己的选择而后悔。写诗，让我们找到了倾吐心事的最好方式，让我们心怀向善，慢慢地褪去世俗的尘埃，至少，一生都不会气急败坏。

对于我，诗歌就是卖火柴的小女孩手里的那些火柴。每一次划亮，都怦然心动。在被称作刹那的时刻，美丽、光芒、暖意和梦想，大驾光临。

有一天收拾房间，我忽然发现，我家的一些角落里，零零散散地存放了许多蜡烛。它们有的用过，有的根本没用。我从许多遥远之地带回它们，只是因为喜欢那烛光跳跃的时刻。北方的冬夜太过漫长，由此我对灯盏、光亮和温暖有着特殊的敏感。我常常一个人点亮蜡烛，长久地、出神地望着它。那弱小的火苗，是火焰的最小单位。它们就像有生命一样，有节律地舞蹈。蜡烛与火苗真是完美的组合。蜡举着烛光，就像双人舞里有力的男舞者正托举起娇小的舞伴。而那融化后凝固的烛泪，则是蜡烛幻灭的遗址。它们像微观的山丘，像袖珍而凝固的瀑布，也像润泽的宝石。其形貌纹理，都让人有一种触动和伤感。

写了三十几年诗，我把自己写老了。可诗歌的感觉依旧那么新鲜，就像年年来临的大雪。那些诗句，每一次从笔下出现，都像是重新出生。在我，一首首诗歌，就是一根根火柴、一根根蜡烛。它们的光亮可能微弱而有限，带来的慰藉却经久而真实。

此刻，零下二十八度的哈尔滨之夜。窗外是飘飞的雪花，桌上有纸笔、热茶，身边有亲人，心中有诗歌。我坐拥寒冬，心神宁静，因为，我是一个有火柴和蜡烛的人。

从一束白菊开始

——谈一首诗的诞生

　　信手敲出"一首诗的诞生"几个字后，脑子基本上是茫然的。我们的眼睛太容易看到那些主义或潮流之类的问题了。对于这样一个毫不夸张，甚至可以说是老实的，带着亲和气息的问题，几乎还没这样认真地回答过。一首诗到底是怎么诞生的呢？我居然也好奇起来，像问别人一样问自己。

　　想来想去，我想到了一个诗人写作的连贯动作。一首诗又一首诗，慢慢地，伸展成一条写作的道路。虽然并非每一首诗，都可以担当起"诞生"这样美好的词语，可有些时候，诗歌真的就是一种诞生。

　　诗歌来临的感觉，有时，像是一只手，一下子拍到你的肩上。你并未在意，其实已在等待的情感和思索，一下子，找到了自己的那根火柴。

　　1996 年的元月，踏着路上的积雪，我走到一家花店门前，犹豫了一下，还是进去了。

　　卖花的人是个中年男子，夏天时，每天都在早市上卖花。像哈尔滨很多工人一样，他下岗了。这个人厚道、老实，手脚有点儿笨，递给你花的时候，好像总有一种抱歉的意思。这样的人做鲜花生意，让人觉得有点儿不和谐。可是，从他那儿买花，又有一种放心的感觉。

我走进花店，目光逐渐温柔起来。窗外大雪纷飞，窗内鲜花盛开，各种各样的花如粉黛裙钗，让人想起窈窕的身段和粉嫩的美肤。尤其是那些镶了各色花边的康乃馨，俏眉俏脸，像一群写娇滴滴散文的女作者，化过妆后正在开笔会。

店主早认识我。他知道我每次都是买玫瑰，就低下头去为我挑选。被叫作"红衣主教"的玫瑰，放在显眼的位置。温润的花瓣，沉静的红，气度雍容。玫瑰就是玫瑰，它让人想起最好的绸缎，想到深红的幕帷，想到经典的爱情。它无须镶什么边儿，在不动声色里，独守尊贵。

可我那天不想要它。我走进这家店前甚至都没想买花。新年没给我带来任何崭新的感觉，我觉得仿佛是被谁推进了新年。静静地望了一眼玫瑰，它淡漠，我也淡漠。像稀饭小菜前摆一副刀叉，我们互相配不上。

忽然看到了尚未插进花桶中的一片素白——用纸裹着，像一堆雪。白菊花！我的心，动了一下。

这白菊，显然是寂寞。主人甚至忘记了它，就如所谓诗坛有时会忘记真正的诗人。可生性高洁的花，在一片五彩缤纷中，竟欲挺身而出那样，于无声处散发着一种洗尽铅华之美。它被冷落在房间的一角，还是忍不住要开放。平淡、无邪、不声张。纤秀的花瓣与其说是一瓣瓣，不如说是一条条。那种安静和从容，那种如白衣少女般的纯净，那种抒情的气质，真是好啊。

在此之前，我从未买过菊花，我甚至不知道自己喜欢菊花。菊花太常见了，它不名贵，不稀有，容易被人忽视。我欣赏花的眼睛，原来已经沾上灰尘了。

我要了花店那天所有的白菊花，我领它们回家。外面北风呼啸，店主帮我用好几层纸包好，怕冻坏了花。抱着白菊回家时，我一下想起从前，女儿小的时候。她要到外面去看雪。我也是这样，细心把她包好，而后抱着她，走进清冷而明朗的冬天。我记得，透过花毯，我闻到只有孩子才有的那种淡甜的奶香。被紧裹在毯子中的孩子望着刚认识的冬天，她美丽的眼睛是蓝的。我真愿意一生都那样怀抱婴儿走下去。这样一想，鼻子有些酸。怀中的鲜花，真就像我小小的孩子了。

白菊就像懂我的心一样，开始在我每个房间绽放。我从莫斯科带回的水晶花瓶、古朴的木雕花瓶、粗陶罐，都捧起了一片美丽雪白的激情。花瓶与花，就像跳芭蕾的男子，正托举起不染尘埃的少女，一切相得益彰。新年忽然在这里找到了感觉，我感到了一种崭新的快乐。我的 1996 年，从这开始了。

诗歌就这样来了——

一九九六年

岁月从一束白菊开始

....

室外，零下二十八摄氏度的严寒；屋内，白菊花怒放。怒放的"怒"字多生动，花开得真像生气一样。那么强烈、不管不顾的样子。每一个花瓣都使劲地舒展，就像是想飞。

贞洁的花朵

像一只静卧的鸟

它不飞走　是因为它作为花

只能在枝头飞翔

白菊花给了我灵感。它不留余地地绽放，非要把自己完全打开。这种单纯和热烈，这种一往情深，多像诗人。

花儿到底是为什么开放呢？它是为自己。这是花的本性，就像诗人写诗，为什么呢？也是为自己。花儿的心，诗人的心，都具有特殊灵性，都有一种皎洁、一种孩子气的任性、一种徐徐绽放之美。

我就在菊花身旁，一气写下了这首《白菊》。我庆幸自己写下了这首诗，它的写作过程提升了我。我用一首诗，为自己留下了一个大雪飘飞、白菊怒放的瞬间。

人亦如花，各不相同。有的镶着花边，有的五颜六色，有的朴素无华。对于诗人来说，写诗，就是一种自我开放，无论是在店堂的中央，还是在安静的角落。

一生一句圣洁的遗言

一生一场精神的大雪

　　白菊开放，雪花飘飞，诗人回到诗歌里面。一切，
自然而然。

两 张 脸

正在读的书放了一床。交替读书让我感到了一种趣味，常常是先看这本，再看那本，顾此亦不失彼。看杂书，乱看书。没有学术研究的任务，图的就是个心旷神怡。没有那必须一本正经的念头，反倒体验了一种蓬松纷繁之美。

今天，发现书桌上、床上分散放着的是杜拉斯和阿赫玛托娃。一阵风吹来，像是故意的，让我同时看到了扉页上她们两人的照片。我一下子被这两个不同寻常的女子吸引，忍不住把她们放在一起。此刻，法国和俄国在我的安排下无声地会晤。我同时端详着不同寻常的她还有她。

1914年杜拉斯出生时，已经二十五岁的阿赫玛托娃第二部诗集《念珠》已经出版并引起轰动了。穿着小绸裙的杜拉斯，正在亚洲殖民地黄昏的树林里蹒跚学步，而优美的阿赫玛托娃已游历完巴黎和意大利，风姿绰约并且声名显赫了。尽管有五十二年的时间，她们生活在同一个世界，但是她们好像并不是熟悉的。她们分别在属于自己的国度和际遇里生活。一棵是枣树，另一棵，不是。

她们都是母亲。都是欧洲人。都是给这世界带来光芒、馨香和悠久话题的女子。

一个是诗人，一个是小说家。

都是生前身后、拥有众多粉丝和读者的写作者。

都有男人为她们独具的风情倾倒。她们都面对过炽烈的目光。

有一张莫迪里阿尼为阿赫玛托娃画的素描画像，相信很多诗人都熟悉。那个寥寥几笔侧身的轮廓，把写出《安魂曲》的女诗人优美、隽永地概括了出来。阿赫玛托娃被她的祖国誉为20世纪俄罗斯的萨福和莫扎特，是"俄罗斯诗歌的月亮"。她端庄高贵，面容线条精致，雍容沉着地坐在俄罗斯巨大的苍茫和沉静里。

而杜拉斯，少女时期的美丽和光洁已随风而逝。酗酒、不规律的生活，中年以后的她面目苍凉、沟壑纵横。她虽然是在照片上，却动感十足，那种爆发力使她随时好像要从书上下来，穿行在法兰西斑驳的街道中。

这个下午，我为这两张完全不一样的脸着迷：她们的脸是那么不同，却有一种同样的质感，一种让人凝视的吸引力。两张脸都是那么有内容，带着各自拥有的魅力。数十年来，我经久地阅读她们。她们都有强烈的自我意识，都从女性的视角揭示挖掘人类的情感，都在自己的人生里饱经风霜——这两个把语言赋予巨大能量的人，都是独特的、不可替代的。

阿赫玛托娃，笔触丰富而又细腻，阅读起来让人心驰神往，深水静流，她是宽广的。

杜拉斯，创作力旺盛得像湍急的河流，文笔让人吃惊，奇峰突起，风光无限，她是斑斓的。

也许因为她们是女人，她们都有过与脸相关的文字——

> 我知悉一张张脸怎样凋谢，
> 眼睑下流露出畏怯的目光？
> 苦难怎样将粗粝的楔形文字，
> 一页页刻上面颊，
> 一绺绺乌黑乌黑的卷发，
> 霎时间怎样变成一片银白，
> 微笑怎样从谦和的嘴唇枯萎，
> 恐惧在干涩的轻笑里战栗。

杜拉斯，她的最后一本书《全在这里了》是这样结尾的——

> 我再也没有嘴了，再也没有脸。

那是 1995 年的 8 月 1 日。离她告别人世的时间，不远了。

这个下午，我阅读两张超凡脱俗的脸，一知半解地解读那种伤痛之美。她们的书我分别读过多遍，案头、枕边。每次阅读，都如重逢，而每次合上，又似告别。还好，在她们离开之前，我来到了这个世界。我赶上了她们的光芒和气韵。为这一点，我已经满足。想到了她们不凡的履历，她们曾有过的心事，那些爱慕过她们的男人，属于她们那个时段的滚滚红尘。我不能不受到震撼：胭脂之外，香艳之外，沉淀和淬炼之后，她们的美在于杰出的才华和丰盈的灵魂。这一切，原来不仅留在她们的作品里，甚至散发在她们的仪表和面容上，真是奇妙。

灵柩也无法把她们抬出这个世界。这两个将生命奉献给写作的女子，她们的文字会恒久地散发魅力，而她们自己，已经并非刻意地活成了经典。深秋的黄昏，两个面貌苍茫美丽的女子，在她们各自的书里，谁也没伸出手来，却轻轻拂去了，这个热闹尘世蒙在我脸上的那些灰尘。

懵懂的神情

　　如果有诗歌会议，如果我与傅天琳都参加，如果不是每人单住一间房子的话，善解人意的会务组肯定会让我俩同住。我们是多年的老友，彼此知深知浅，情投意合。

　　天琳天性纯净，进入写作状态，才华和情怀就超凡脱俗。从 20 世纪 80 年代到现在，她那支笔从最初的清新灵动到今天的丰富深邃，属宝刀型诗人。我从年轻时就是她的忠实读者，我对重庆的感情，当年就是因为那里住着诗人傅天琳和诗人李钢。

　　可是，一落进现实生活中，这位天生的诗人，就出现了局促和困窘，可谓磕磕绊绊。运气好时，有祥云缭绕，会碰到关照或提携；而遭遇算计和不公，她就只能是伤痕累累了。简单、直接、没有防人之心的天琳，常常事过境迁之后才如梦初醒。让人欣慰的是，经历了许多世上风云的天琳，吞咽下诸多辛酸苦涩后，依旧笑容甜美，眼神清澈。这个在果园开始人生履历的女人，有水果那样汁液饱满的心。脏污，最终沾不了她。她有自洁系统，她是真诗人，老天疼她，赐予她一双飞过泥淖的翅膀。

天琳最经典的表情就是孩子一样的懵懂。十年前，我们一行女诗人在香港逛街。她没有购物的热情，又没有独自作战的能力，跟在我们身后，一筹莫展像个牵线木偶。让咋走就咋走，也不说话，也不顾盼，一脸无辜和无奈。娜夜笑着对我说："天琳那表情，真是太可爱了。"我对天琳说："幸亏你是诗人，到哪儿还有人照应。要不，你太容易成为被拐骗的对象了。"她笑了，那笑容，清澈而无邪，相当动人。

这个世界上原本复杂，对她这样的人来说，简直就是云谲波诡了。我特别爱看她经常恍然大悟的样子。有那么多她不知道或者让她发出感叹的事情。

一次，她哀哀地说："为什么，你的朋友都那么好？他们真是好人，我也想有这样的朋友。"她那种表情，像幼儿园的孩子面对伙伴手上的玩具。她不知道，我的朋友原本就欣赏她，大家都是诗友，只是，彼此未曾走近。现在，我的几个"那么好"的朋友，早已是她的朋友了。

天琳心肠柔软，受不了别人的好，是感恩戴德之人。我们去台湾，台湾诗人喜欢她的才华，心疼她的身世，一路多有关照。回到大陆，天琳竭尽全力，将一位台湾诗人所托之事尽善尽美办妥。那位诗人特意打电话对我说："天琳太让人感动，不知何以为报。"想请我支招。我说："你千万什么也别报，她会不安。"她去广东开诗会，必要去看郑玲老师才会心安。诗人阿西对她有所关照，她就特意给我来电话，叮嘱我一定要谢谢这个黑龙江籍的诗人。而后，照旧感情代替政策地说："你们东北的诗人，多好啊。"阿西，我要感谢你，你为咱们东北的诗人赢来了集体荣誉。

深藏心机、圆滑取巧的人，是不可能有那种懵懂神情的。这种东西无法装扮。我见过扮演"天真"的，简直不能忍受。

后来，我又从一个年轻女诗人的脸上，看到了这可爱的懵懂神情，那便是路也。

在见到路也之前，我已非常喜欢她的诗歌，她的诗睿智洒脱，有明显的智性上的优越，又同时散发着纯棉织布般的朴素温暖，带着聪慧俏丽的个人印记。去年深冬，路也到哈尔滨来，红色羽绒服里面，是件好看的、不事声张却自带风情的素花棉袄。这种叫作袄的衣服，不时髦，不张扬，风情内敛，有一种"收"的意味。穿在安静的路也身上，像是她的皮肤，和她那么相衬。一张干净秀气的脸，未施脂粉，眉眼间兼有羊羔、小鹿般的，时而慧黠时而怯生的那种复合神情，有时又会悄然闪现一丝唯倔强之人才有的执着。不用说，她不是"场面人"。裹在小花棉袄里的路也，像民国时期的女子，又像旧日画片上的人物，神情古旧安然。她静静地坐在你的身边，神思却分明去了远处。让人觉得她像是音乐盒上跳舞的小人，轻盈地下来了，转一圈，而后就重回到那个神秘的盒子上。大家在聊天，偶尔触到一个她可能没有兴趣的话题，路也就有些恍惚，一下出现了那种隔离的、懵懂的样子，非常招人怜爱。

路也和天琳都有懵懂神情，但又不尽相同。她们不是一代人，有年龄阅历的差距，有学养见地上的参差。天琳经历了更多的磨砺和坎坷，为人妻为人母，比路也多了柴米油盐的气息，也多了天伦之乐的圆融。年轻的路也孑然一身，单薄孤独，书卷气里有一种与世俗绝缘的东西，像一片风中树叶，更让人生出担忧和牵挂。人真是复杂立体，看上去安静温婉的路也，有时会忽然显现一种气概。比如喝酒时，这个小女子懒得周旋，别人说："喝点儿！"她就声音不大却果决地说："喝吧。"而后真就一饮而尽。迅饮不及瞠目之势，鲁国女子的豪气倏然闪现，全无任何造作之态。

记得几年前，我和天琳通电话，说到各自发现了一个年轻女诗人的诗。一谈，居然都是路也。天琳使用的，是她那种惯有的、不知是反问还是感叹的经典句式："她怎么写得那么好?"我也感叹："是啊，她写得真好!"

我没告诉天琳，我从路也的神情里，看到了她的一些影子。我希望，这两个我喜欢的女诗人都有最好的一切。我祈愿诗歌不只给她们带来声名，也带来好运气和生活的顺畅。她们一大一小，都心怀洁净，锦心绣口。在这个声势威猛的世界上，她们都身单力薄，带着一些胆怯和羞涩，带着忧伤和忍耐。当她们携带自己的才情从我们身边经过时，请大家珍惜。她们是好花朵，是珍贵的人。她们懵懂神情的后面，是蝴蝶羽翼般的轻盈和敏感，是对这个世界小心翼翼的敬重，是细枝末节处的自尊和柔弱，是无邪的好奇和信任，是悄然吞咽下的苦涩，是对自己人生岁月的珍惜。

跟着那三只麻雀

——关于我的长诗《死羽》

2006 年底，我收到齐齐哈尔一个诗友的手机短信，友人说，他妻子最近从网上读到了我的《死羽》，感动得哭了。我和这对夫妇是好朋友，他的妻子虽是学历史的，但艺术素养好，为人极为感性。一定是这首诗中的感情成分，与她心里的东西有了某种契合。一首写于二十年前的诗歌能让我的朋友感动，让我在 2006 年岁末，心思也受到了一种触动。

在我近三十年的写作经历中，《死羽》是我仅有的两首长诗之一。它被评论家认为是我诗歌写作中重要的创作。在我自己，重要与否我不太知道，可它的确承载着我心灵的情结。在我写作的历史里，留有一道独特的印痕。

这首诗写作的时候是 1986 年，恰是中国诗坛最为活跃的时期。天生不爱热闹的我，尽管不容易被潮流裹挟，但也的确有过迷茫和彷徨。而这首长诗写作的前后，我经历了一次难忘的旅行，以及对整个旅行的回味和思索。这个过程，如同一次及时的梳理和校正，我找到了属于自己的那片天空。

我相信命运是有机缘的。我在《死羽》中写到这样一个细节：在戈壁滩上，有三只小麻雀，它们想飞过茫茫戈壁，但是它们飞不动了，于是——

> 一粒石子旁边
> 并排躺着
> 三只小麻雀的遗体
> 风掀动它们朴素的羽毛
> 像幻化中的静物
> 三只小头颅
> 向着苍茫的远方

　　这三只麻雀的故事，是我长诗的缘起，它没有任何虚构成分，它来自 1986 年哈尔滨一个仲春之夜——

　　我的女友默川和我从小一起长大。我们知心而默契，她热爱画画，我喜欢诗歌。她是学中国画的。当时，她正在为画长城的长卷准备素材，孤身一人，沿着长城采风。走进西北后，她逐渐被这块土地上厚重的积淀和磅礴大气所打动，而且不知不觉间开始对佛教文化有兴趣，画了不少宗教题材的画。那天，她刚从西北回来，风尘仆仆地来到我家。我为她泡上好茶，倾心而谈。

　　当我问到一路最打动她的是什么时，她就讲了那三只小麻雀的故事。

　　默川有那种很有质感的女中音。当她叙说这样的经历时，那种沉稳低回的声音，尤其打动心灵。我记得非常清楚，她讲完三只小麻雀的故事后，我长久都说不出话来。一种说不清楚的情愫在我心头翻腾，眼前全是那三只小麻雀的身影。我简直就让这三只精灵勾了魂。我知道，我肯定得去西北了。多少年过去了，我还清楚地记得那个仲春之夜——窗子开着，月光照进来，照在墙上那幅普希金的油画上，丁香花简直像疯了一样的香。那种香，像药，不容分说地沁人心脾。醉人的花香以及月光和这个故事融合在一起，凸显了一种奇异的意境。我就觉得，那戈壁滩上三只小麻雀，已然顺着那花香飞了进来，此刻，正在我们面前隐身盘旋。那时，我还不知道，这三只小麻雀，将把我带到我的第一首长诗之中。

我和丈夫马合省立刻就着手制订去西北的计划了。

就那么巧，不久就有诗友创造了一个机会，让我们去玉门参加一个活动。那时我在教书，正好赶上我的暑假。我们就开始了向西的旅程。

那时尚未有今日的全民旅游风气，也没有什么黄金周之类的热闹事情，旅行线路虽然不如今天这样便捷，但是也少了那种令人生厌的商业气息。我们带上简单的行囊，辛苦又快乐地行走在路上。从西安开始，一路向西，兰州、武威、张掖、酒泉、嘉峪关，到玉门后又安西、敦煌、阳关，我们一站一站地走，一处一处地看。坐火车、搭汽车、骑租来的自行车，我的脸被西北高原的太阳晒爆了皮，其吃苦耐劳精神屡获褒奖。

一路上，我吃过喷香的、碗边落满苍蝇的牛肉面，喝过苦涩的井水；我见识了这世界上最香甜的瓜果、最配得上称为粮食的馕；我的眼睛看到了贫穷、隐忍、强悍的生命力；我看到了高洁得让人绝望的雪山、偏要向西流去的疏勒河；我看到了在干渴的土地上努力生长出来的绿色、生长艰难却甘美异常的瓜果；我认识了许多淳朴厚道的人，感受到了天底下最善良的心肠。那些目光清澈、不染尘埃的孩子；那些脸上两颊通红，让风和太阳染上胭脂的西北女子；那穷人的端庄和贵重；那生命的艰辛和从容。这块土地上淳朴的民风、久远的文化、质朴又简单的生活方式，让人如此百感交集。以后我又不止一次地去过西北，但再没有一次那样铭心刻骨的体验，像我当时在一首诗中写的那样：

忽然想吃最简单的饭
忽然想穿最简朴的衣
忽然想省略一切形式
生一群娃娃养一群羊
在某一次雪崩中
自然地死去

　　我庆幸自己能有这么一次丰富的西北之行，我知道了那么多以前我不知道的事物。我就像一个容器，装进了许多东西。我的心越走越沉，整个人也从里到外开始变得结实。沿途，我曾经把一些衣物或日用品送给了当地的穷人，但是我知道，我从他们那里拿走的更多。我感到了自己的变化，而这种变化，无论是对我的诗歌还是我的为人，都是一个好的开始。

这次旅行还有一些有趣的事情，记得当我们要到玉门时，提前通知了那里的朋友。那时的通信不算发达，好不容易通了个电话，觉得把话说清楚了。可当我们走出火车站，居然看到一个绝无仅有的精彩的接站牌：接马合省的李琦。走上前去说明后，我笑得都站不住了。接站的男孩子嗫嚅着："我说没听说过这么个省嘛！"西北孩子的憨厚和可爱尽写在脸上。

在玉门，认识了诗人林染、潞潞、赵健雄、沈天鸿、郭维东、王蜀龙。认识了很多难忘的人，有的成了一生的挚友。我记得在玉门，我们在蜀龙家里开怀畅饮，为诗歌争论，为友情干杯，那种酣畅痛快是我此后再未体验过的——夜半，我们一行人从蜀龙家出来，被燃烧的酒精怂恿，在凌晨两点的大街上，手挽手站成一排，面对空荡荡的大街放声高歌——

那时的敦煌还是县城，我曾租了一辆自行车，在县城转悠。所到之处，碰上的都是友好热情的人。问到邮局，人家给指引后我走错了，结果指路的孩子跟着我跑，非得把你纠正了才行。逛集市的时候，根本不敢往两边卖瓜果的人群看，因为，每一张质朴的脸上都是憨憨的笑容。如果光看不买，就觉得对不起人家。我和潞潞就是因为受不了这样的眼神，在每个小贩那儿都买一些水果，结果到最后都拿不动了。

在西北的那些天，我总是会想起那三只小麻雀。我知道是它们把我召唤到这儿来的。每当看到麻雀飞过，我的目光就会情不自禁地追随。这些从没穿过花衣裳的鸟儿，就像穷人家那些好养活的孩子。在鸟群里它们出身卑微，从未进入名贵的行列，可它们生命力最顽强，与人类感情亲密，是大自然里最活泼无邪的幼儿。它们就像民间的诗人一样，靠朴素的生活滋养干净的心灵。对于当时年轻的我，那飞翔的鸟儿是引领也是昭示。我知道，就像这大西北的朴素沉静如此打动我一样，我的写作应该关注的是心灵而永远不是什么花里胡哨的东西。一个写诗的人，如果总惦记什么诗坛或者潮流的话，是一件多么滑稽的事情。那与内质无关的各种名目，与我有什么关系呢？在西北土地上的行走和思索，让我明白了，我一生不会跟从什么时髦和潮流，就像那朴素的麻雀一样，我要的是真正的飞翔。

那是一个我永远不会忘记的傍晚——我从骆驼上下来，站在鸣沙山上。夕阳西下，整个沙漠笼罩在绚烂的光芒里。经典的沙漠落日，正扑面而来。天哪！那一瞬间，长天与沙海苍茫辉煌，像是一片正汹涌奔腾的万顷波涛瞬间凝固，美得让人惊诧。眼前，绵延的沙海就像一匹匹金色的绸缎，光芒闪烁，那种起伏的曲线是那么优美而柔软；而远处，深色的山峰就像是谁用画笔勾勒出来的，辽远逶迤，让人遐想万端——这大自然辽阔的壮美带着一种特殊的能量，扣人心弦，又有一种神圣和净化的作用。我屏住呼吸，紧握爱人的手，我们被这天地之间的大美震撼了。

那天晚上我在笔记本上写下的句子，后来出现在我的《死羽》里——

举手合十

心儿温馨成一杯净水

呵，我如梦初醒

佛祖原来也是一种意境

一刹那我看到通体血脉如树

整个肢体里

正落英缤纷

就这样，我用诗歌记叙了我的感受。那时还不知道，这些断断续续的诗就是这首长诗的胚胎。后来，用了一年的时间，我写完了这首长诗。结构上，我选择了最简洁的叙述方式，按照时间的顺序，由十一节连缀而成。我尽量让自己的语言平静、朴素，把它写得自由而舒展。

记得，诗快写完时，正巧《东北作家》创刊，主编知道我在写长诗，指明要发在创刊号上，并指定了交稿日期。当时在伊春桃山林业局有个诗歌笔会，我就把稿子带去了。那是 1987 年的冬天，小兴安岭白雪覆盖的群山里，静谧、皎洁，就像是进入了冬季的天堂。诗快写完了，诗歌的题目却定不下来。一天午饭后，一个朋友把从雪地上捡来的几根鸟的羽毛送给我，我信手放在诗稿上。再回到书桌前，心一动：这羽毛是来给我做诗歌的题目的吗？就这样，长诗就叫了《死羽》。抄写完它的最后一行时，是一个阳光明媚的中午。我走出房间，呼吸着雪后清冽的空气。四周群山连绵，万籁俱寂，我仰面躺在厚厚的雪地上，看蔚蓝的天空云朵在轻柔地移动。虽是深冬，却觉不出寒冷。北国冬天的阳光柔和地照在我的脸上和身上，我又想起了那三只小麻雀——

这首诗歌发表后，应当说受到不少好评。但是我自己是有很多遗憾的。我知道，我没有完全写出自己的感受，我感到了语言和心灵的距离。当年，自以为经历沧桑了，今天看来，多么年轻，甚至幼稚。如果是再往后几年，我会写得更好，可是，事情就是这样，一旦成为过去，你已经无能为力。对于我，这首诗完成了一个过渡，它成了我的一个背影。

二十年悄然过去，人生的机缘确实难以解释。我的朋友在长卷画成、画展开过、画册出过之后，忽然开悟，在一个属于她的机缘里，遇到自己的上师，从此皈依受戒，潜心修佛。想到多少年前，她从国外回来，穿着款式讲究的真丝长裙，在自己的画展上手捧鲜花；想到她自当老板，经营高档家具，劳碌操心地经营；想到我们在丁香盛开的月夜，畅谈艺术和西北——真是恍如隔世。如今，我的朋友已放下一切，常年住在寺院里，致力于弘法和修行，眉宇之间，一片素净。

而我，依旧迷恋诗歌。人不再年轻，可二十年前沙漠夕阳的光线，至今仍在我的书房弥漫。在诗歌宽大的怀抱里，我深信自己得到了护佑和爱抚。任何热闹都不会让我有所分神，我心里总有那片静谧的雪野。我选择了缓慢的进步。虽然依旧有惶惑，但变得更从容，写作也进入了自由的状态。那三只亲爱的小麻雀，它们就像我的朋友和知己，它们甚至是命运的某种象征，就像二十年前我在《死羽》中写下的那样：

> 那灰褐色的小躯体
> 在巨大的苍穹下
> 辐射出一种气蕴
> 这气蕴比世界更阔大
> 这气蕴使许多人的心事
> 静谧而沉重
> ……………
> 如果你偶然看到了它
> 未来的朋友
> 你可一定要相信，
> 那其中的一只
> 它曾是个
> 写诗的女人

他 的 回 答

——为首届青海湖国际诗歌节而作

当遥远的青海作为背景，"人与自然，和谐世界"作为此次大会诗人文论的主题，我百感交集。我知道在背离这个主题的路上，我们已经走得太远了。

不久前陪外地友人漫步松花江畔，我讲起童年：宽阔的大江，水面漂荡着舢板，晚霞爱抚着江面，还有那大江独有的水腥之气，河流逶迤的城市风韵——说着说着，臭水沟般的气味迎面扑来，曾经油画般美丽的松花江以猥琐尴尬的样子横陈眼前。我止步而后止语，深情的回忆简直就像谎言，我和松花江同时感到了耻辱。

松花江水污染的那段时光，生活一下露出了缺陷。在缺陷中是谈不上优雅和舒展的——大庆的朋友开车从百里外来给我送水和食物；不能洗澡，不能毫无顾虑地以水为净，必须面对诸多困窘和不便；难民一样反复接起外地友人询问或慰问的电话——守着一条大江喝不上水——我和全城市民一起前所未有地体验着"人与自然"的恶果。我们对自然下手太重了，不管是有心还是无意，违背自然伦理的行为都在遭受报应。哈尔滨人进入了厄运到来之前的预习。这不禁让我遥想盛唐——那个时代的诗人是幸运的。在岁月的上游，他们看到的世界尚未遍体鳞伤。尽管也感时伤世，也愁肠忧思，但他们还是生活在与自然共存荣、宜于用古典诗词表达情感的时段。他们可以宽袍大袖，举杯邀月，听黄鹂鸣翠柳，看白鹭上青天。而时至今日，就是李白，恐怕也没心思再《梦游天姥吟留别》了，站在污染的江边，他或许会"噫吁兮！快来点儿活性炭吧"。

疲惫、忙碌、忧虑，疯狂地追逐利益，亚健康的人活在这样的环境里。"拔地而起""××似雨后春笋""突飞猛进"这是属于今日的辞令。一切都进行得那么快，欲望和贪心，催得人心浮气躁。两岸猿声早已变成汽笛和马达，高峡变平湖，船还能走航道，可是，鱼已经找不到回家的路了。

和谐，这个词对于我们这些在青少年时代经历苦难、对中国往事心有疤痕的人来说，是痛楚和憧憬。它勾连回忆，关乎未来，我真是怕说得越多，离它越远。

想起2004年雅典奥运会开幕式，爱琴海居然"流进"了运动场。天地水火，爱与和平，历史与艺术，古今丰富的元素那么巧妙地融合在一起。那种飘逸的单纯，静穆的崇高，把我们带到了亚当和夏娃身边。不愧是人类文明发祥地的土壤，我从眼前那些希腊人身上，看到血脉里的恬淡、自然的力量、人与世界的相谐之美。那种澄明与泰然的震撼力如波浪拍岸，存留心头的感动，至今难忘。

和谐不是热闹，不是吵嚷叫嚣，不是自以为摩登的红绸子茉莉花京剧什么的粗劣拼盘，不是物质文明的迅速生成和经济增长带来的表面强大。和谐是心灵生长的环境，是君子之风，是至美之境，是道德风范，是文化的生长和文明之花的绽放，是滚滚红尘之上的洁净理想。它是一种内向之力，是纯洁的发愿，是有牺牲的守望。遇罗克的文字，张志新的声音，其实皆是渴望和谐。我们如此倾心于诗歌，也是因为内心深藏着一份对于灵魂和谐的指望。

1998年张家港诗会，昌耀住在我和娜夜的隔壁。面容清癯的他，有一种出尘自净的气质。望着宾馆眼花缭乱的早餐，他茫然局促地对娜夜说，只想吃碗面条。我递给他水果，他小心翼翼，就像怕碰疼了它。而当大会发言，说起诗歌，他声音沉稳，目光庄重。如此敏锐深邃的智者，有时却像羞涩的孩子，那是一个诗人的和谐。这个诗人，活着时居住在辽远的青海，连呼吸的空气，都比大多数人稀薄。他没写过"人与自然，和谐世界"这方面的文论，却以饱经磨难为前提，深得其中精髓。就是这个人，让很多人从他的诗行里遥想青海，也让日后越来越多踏上青海土地的人们，在蓝天白云下轻轻想起他，并因他的名字，更为看重这原本因为湖水和鸟岛著名的地方。

昌耀，一个灵魂和青海湖一样清澈幽深，诗章已经成为飞鸟翅膀的中国诗人，我想，他已悄然回答了关于人与自然、与世界如何和谐的这个问题。

关于索尔仁尼琴

——回答一个记者的采访

　　什么是伟大的作家？看看索尔仁尼琴那张饱经沧桑的脸，看看他沉郁深邃的眼神，看看他留给我们的那些作品，就找到了最好的镜子。他是眼下这个世界上为数不多的、值得仰视的人。他是一个堪称伟大的作家。

　　无论是和他同时代那些声名鹊起、活得乖巧忠顺的作家相提，还是和今天诸多因写作而怀抱功名的人并论，他都是迥然不同的。他的名字，赋予"作家"这两个字以岩石般的威严和分量。他是来自炼狱的发言者，一生颠沛流离，吞咽下巨大的苦难，却放射出思想的光芒。他忠于自己的信仰（关键是，他有信仰），为此付出青春、名利、健康甚至自由。他的写作已与生计无关，他用生命为灵魂做证，他本身就是奇迹。

　　他是世界送给我们的一份厚礼。长达一百四十万字的巨著《古拉格群岛》，使他自己成为文学史上一座苍茫的山峰。他推动了社会的进步，给整个民族带来勇气、信心，以及承担苦难的力量和思索的深度；给我们这些以文字为生的人，带来教堂钟声那样的影响。

　　你问我见没见过他？没有。这是遗憾。但是，作为一个生活在与俄罗斯接壤省份的中国人，一个从写作之初就深受俄罗斯文学滋养的人，我一厢情愿地认为：他对于我，不是陌生人。他是我精神上的一位导师。我在很多俄罗斯诗人和作家的眼神和文字里认出过他，在俄罗斯这个伟大民族的精神里感受到他。在精神塌陷的地方，那凸显出来的岩石一样质地的精神雕像，就是他。

对于这样一个作家，见没见过，不那么重要了。我也没见过珠穆朗玛峰，但是我知道，那是全世界最高的山。

是啊，我也没看见过他微笑的照片。真是，没见过。我想，这个世界把他的微笑夺走了。你看他的表情，连他打网球的照片，都是那样严峻、凝重，就像是要冲破某种阻拦。他的那张脸，内容丰富，苦涩凝重。一看，就让人难过。那是在地狱里旅行留下的痕迹，是一生穿越痛苦的代价。你说得对，他的眼睛并不明亮。怎么可能再明亮？他看到的黑暗和丑陋太多了。终生在阴霾里穿行，他是丢失了笑容的人。一个不可复制的人。

我当然很难过。这个世上，没有他了。失去了索尔仁尼琴，无论怎么看，都是让人类悲伤的事情。我知道在这个世界上，有很多人会和我一样，此刻，把头低下来，为他默哀。他为人类尊严而写作的一生，他非凡的良知、勇气，他那如同纪念碑一样的作品，我永远不会忘记。

谢谢你为了他的去世，来做这个采访。

索尔仁尼琴必将不朽。

与李琦聊诗

——鲁迅文学奖获奖者李琦访谈

1. 《星星》：从你的第一首诗发表到现在，三十多年过去了，关于诗歌与人生，你感受最深的是什么？

逝者如斯夫。孔子的感叹真是精准。三十多年不过犹如一幕戏换了几个场景。这被叫作人生的岁月，我觉得有太多时光是虚度了的。好在有诗歌，让我这一辈子还不至于那么扫兴。

人都是向死而生的，只不过通往死亡的路径不同。诗歌写作，确定了我人生的一种走向。这个走向是适合我的。艺术创作，包括与艺术相关的一些行当，我觉得都有助于开启心灵的神性。而诗歌和音乐尤其如此。几十年来与诗歌相伴，柴米油盐之上，心没有变得愚钝。是诗歌提纯了我的生活，让我得以过滤来自世俗生活的烦恼。一首首的诗歌，就是我自己的一片片羽毛，带着我独自飞翔。写诗让我体味到了心灵的那种神秘性，享受到了一种真实的快乐。

在《我与地坛》里，史铁生写道："有些事情只适合收藏……它们不能变成语言，它们无法变成语言，一旦变成语言就不再是它们了。它们是一片朦胧的温馨与寂寥，是一片成熟的希望与绝望，它们的领地只有两处：心与坟墓。"这是一个得道的作家，他的感悟在多数人之上。经年的诗歌写作，让我对语言有了敬畏。我把不能写出的深藏起来，让我的心成为一片收藏的领地。年复一年，如史铁生所说，一片朦胧温馨与寂寥。

2.《星星》：据说，你在幼儿园时，老师就认定你有"文学天赋"，你如何理解天赋对一个诗人的意义，以及你认为一个人该怎么发展和运用自己的天赋？

我十八岁成年时，我妈妈交给我一个纸袋，可以称之为我的个人文物吧。这里面有我出生那天的日历，幼儿园的毕业证书，从小学时代开始的一些学期鉴定、嘉奖证书和一些物件。（可惜我小学刚毕业，"文革"就开始了。）我从那张幼儿园的毕业证书上，看到当年老师对我的评价：有想象力，有文学天赋。

人碰到好老师是幸运的，所幸我从幼儿园到大学，都碰到了好老师。那时幼儿园的孩子不算太多，老师都是一些有爱心、有操守的人，她们熟悉每个孩子的脾气秉性。一位老师对我妈妈说，这孩子记忆力好，一听故事就入神，表达也清楚，想象力丰富，将来没准儿能当一个作家呢。我妈说起这事就感叹唏嘘。我曾经代表幼儿园毕业班的全体小朋友，在毕业仪式上发言。老师说，你想说什么就写什么，写你最想说的话。那个发言稿是我用拼音写的，我念着念着就哭了，老师也流眼泪了，还抱着亲了我。我是在长大成人之后，才逐渐体会到，是她们，把这世上一些最美好的东西，在我年幼之时，就传递给了我。

我从小就比一般孩子敏感，尤其善于胡思乱想。六岁时祖父去世，从北京来奔丧的姑姑，看到我脸色苍白默默流泪，心中疼惜。她问我，你是想爷爷吧？我告诉她，不是，我其实就是悲伤。她当时有些震动，觉得这不是一个六岁孩子说的话。我长大后她才说，很长一段时间她惦记我，怕我太敏感出问题："你后来写诗，我想，这就对了，你和我们不一样。"

天赋对一个诗人，我认为几乎是有决定意义的。至于发展和运用，天赋有如一粒种子，得有合适的土壤，才有机会破土发芽、开枝散叶。天赋是前提，需要机缘，尤其需要类似一意孤行那般的努力，需要持之以恒，这样，才会有水到渠成的可能。

3.《星星》：想问问你的血型和星座，你以为这些东西与你的性格和诗歌风格有没有关系？

我是 AB 型，是白羊座。

白羊座是个有激情爱冲动的星座。我少年时代深具这个星座的特点。我比一般小女孩儿勇敢。我的一些鉴定里，有一条曾非常鲜明："有正义感，敢与不良现象做斗争。"我的中学老师当年曾有一个著名断言，她说这孩子身上有特殊的东西，要么会很出色，要么会很出格。我做事基本上属于勇往直前，有时会不计后果。当年刚学会游泳，就和几个男生横渡松花江的二道江。滑冰、骑车、划船，都是在令人瞠目结舌的情况下学会的。我父母说，我的少女时代，经常让他们提着心。怕我在松花江淹死，怕我离家出走（因为我总认为自己是要来的孩子，家在远方）。而我的外表，却又常让外人认为：挺文静的。

　　成年之后，经历了一些世事，白羊座的特点不那么明显了，AB 型的特质却逐渐显现。我不愿和更多人交往，自我纠结，不喜欢扎堆，远离热闹，被别人误解也不会去解释。我不是孤僻的人，却也不会轻易和谁推心置腹。现在，年纪大了，顾虑丛生，前后左右想得更多。锐气渐失，世故增多，越来越像是一个和蔼可亲却无趣的中年妇女了。

　　至于这些东西与我的性格和诗歌风格是否有关，还真没细想过。事物总会有一些内在的规律和神秘的联系。星座的特点在一些人身上是相当之准，我也不会有大的例外。只是，这方面我只略知皮毛，说不大清楚而已。

　　4.《星星》：从早年开始，俄罗斯诗人对你的影响甚深，你认为俄罗斯诗人最重要的品质是什么？你怎样看待后来的欧美现代派诗歌？

俄罗斯诗人，尤其是白银时代的诗人（包括俄罗斯作家），对我的灵魂起到了至关重要的作用。我要是一棵树，年轮里肯定有来自他们的印痕。这些人的作品陪伴了我整个青春时代。我对于正义、良知、美好、尊严、艺术这些词语的理解，几乎都和他们相关。这些人杰，大多经历了生活和精神的双重痛苦，但他们毫无卑微与谄媚，那种心灵的高洁雍容，对人间道义的担当，对于真理的追问，作品中呈现的贵重苍茫之气，对我有种巨大的感召力和笼罩感。我是情不自禁地追随他们的身影。他们最重要的品质就是精神的高贵和独立。时至今日，随处可见轻佻与粗鄙、浮躁与功利，他们更是如远方雪山一般，于静默皎洁之中，让我仰望和感念。

至于欧美诗歌，让我开阔了眼界。欧美诗人，包括欧美的小说家观察世界的方式、感知世界的经验、非常个人化的表达方式，让我对写作的空间感和丰富性有了新的认知。因为读到了他们，甚至影响了我今天写作的速度。因为，这些作品的出现，让我知道了停顿的重要，知道了什么是山外之山。

5.《星星》：你写诗也写散文，在写作这两种不同的文体时有什么感受？

写诗是我永远不会轻慢对待的事情。写散文也不轻慢，但的确可以更随意舒展一些。

我写诗歌，写了改，改了写，有时一首诗写很长时间；写散文则经常是一气呵成。

写诗像刺绣，写散文如缝纫。大抵如此吧。

6. 《星星》：诗人当然会阅读各种各样的书，请谈谈诗歌以外你最喜欢读的书，这些书对诗歌创作有何影响？

阅读占取了我一生大量时间，读书真是人生一乐。

我看书很杂。我今天的生存状态，和阅读深有关联，家人和同事笑话我，外出几天也像搬家，得带好几本书，像挺有学问的。其实这是个人癖好，我也说不准为什么，有些书读不过来也带着，带着就心安。古往今来大师的著作自不必说，我也喜欢读那些见地独到，有关地理、自然、生态的书（于坚、雷平阳、李元胜、沈苇这些当代诗人笔下关于自然、动植物、风物相关的文字，我也很喜欢）。艺术家的札记、人物传记，好的音乐笔记、旅行笔记，与美食相关的书，总之有趣的，有丰饶生命气息和生动文笔的，都喜欢。这些书未必直接对创作构成影响，却会开启智慧，如香气弥漫，让我的写作有了今天的气息和面貌。

7. 《星星》：作为鲁迅文学奖获得者，你认为获奖对你意味着什么？

意味着再不能得了。这事高兴了一下，也就过去了。

我记得获奖时接到过几个电话和短信，那些来自友人由衷的喜悦，让我觉得挺温暖。对于写作者，获奖是种偏得，让人心里存了一份感念。拈花一笑，依旧山高水长。我已经不再年轻了，对自己的写作包括局限心中有数。我知道对我来说，重要的是什么。

临济禅师有一句话很有意味："在水上行走并不是奇迹，在路上行走才是一件奇妙的事。"

我欢喜的是，我还在这条路上行走。

关于《世界的底细》

女儿在电脑上看到我组诗的题目，挪揄道："《世界的底细》，您知道了呗？"相互讽刺，是我们家人的互动方式之一。

我哪知道啊！别说世界的底细，多少人生境遇，事物的本质，都是越想越茫然，越活越困惑。唯其如此，才让我对这世界充满了好奇和探究。写了这么多年，也是这个缘故。写作本身就是一种寻找。

对于生活在东北的我来说，天高地阔，并不陌生，但是遥远的大西北，对我总有一种神秘的召唤和吸引。每一次的西北之行，都会让我经久难忘。这是气象非凡、人情厚重、信仰结实的区域；是让人不想多说话，却经常出神的地方。那种深厚、苍茫、创世般的笼罩感，那种自然、历史、宗教、民族、风情，各种不同的维度和层次，总是能触动我，补充我，让我对世界的认知，悄然中进行着更新和过滤。

这组诗就是近年来几次西北之行的积累。在我不断修改的过程中，茫茫西北就在我的电脑文档里，以词语的形式一次次呈现。它已经不再是那个地理意义上的西北，它是我心思里的远方，是一片让我神往的山河。雪山、盐湖、戈壁、草原，并不会介意我作为过客的那些千丝万缕的感受，但是，由它们引发的内心落英缤纷的过程，在我，是弥足珍贵的。

2015 年秋天，在青海，我经历了高反，精神恍惚甚至气息奄奄。我想向更高处远行，却连多迈一步都很困难，身体对意志背叛得干脆而彻底。望着青海夜空璀璨的星群，我萎靡却真切地体验到了什么叫局限。原来，无论是写作还是生活，都要量力而行。人，必须有所放弃。我所感受的，可能琐碎、微小，不会"与国际接轨"，但是，这些从我心智里飞出的鸟儿，它们真实、朴素，正用自己的小翅膀，尽力飞翔。

世界、远方、我们、它们

那是 2000 年，二十五岁的黑鹤来到黑龙江文学院第八期作家班。他又高又瘦，特立独行。在他登记表的入学目的、愿望栏里，他写下了：看一看外面的春天。心怀浪漫，不肯流俗，这是他留给我的第一个印象。当时，他写小说，也写诗。我认真地看了他的诗歌。那些诗句已经证明了他的才华和对高远境界的追求。在那一届作家班里，他读书多，思路开阔，虽然当时只是在《儿童文学》《拉萨文学》上发过小说，但已经显露了一个好作家的潜质和征兆。他身上有一种独特的、属于远方的气息。他和我谈的除了文学，还有草原，还有他大量的阅读。作家班结束后，他偶尔发给我的邮件极为简单，有时就是一句话。但是，却总是缺不了一张张狗的照片。能看出来，他将那些狗视为伙伴。

这些年来，我们眼看着他成长。男孩子变成了男人。从身量到作品与生活，他都越来越结实。这成长包括世俗意义上的成功，但更重要的，是他整个精神世界的建构和丰满。他把自己的文学追求和生活信念，变成了一本一本的小说，他拥有了荣誉和读者，也有了更苍茫的心事和目光，已经悄然成为文坛上一个具有独特气象的作家。我自己也成为了他的读者，我买过他的书，送给朋友的孩子，结果把孩子的母亲直接发展为黑鹤的粉丝。

一个呼伦贝尔摄影家拍摄过一个这样的瞬间：一个孩子对身边的小狗说："你手上有虫子。"我相信谁看了这照片心都会变得柔软。那一刻，我第一个想起的就是黑鹤。我想，许多年前，他就是那个孩子。那只小狗，就是他一辈子也没忘记的童年伙伴。他们相伴着长大，他不会生出人比狗优越的心念，他没有"爪子"和"手"的分别。他们用意念沟通，靠在一起，望着蓝天和远方，有一种地老天荒的感觉。

可贵的是，当年的那个孩子长大了，他没有忘记来自动物伙伴的温暖，没有忘记大草原的恩惠。牧人以放牧为生，他放牧自己的文字。作为作家的黑鹤，成熟地看到了更为广阔和丰富的世界，看到光怪陆离、花哨喧闹的生活，同时，他也看到了被利益和贪心逐年破坏的草原，看到了正在日益枯萎消失的山河大地，看到了世道人心处处显露的破绽和缺失。他要用自己的笔，吐露出孤独的心事和怅惘、愤懑与忧思；他要写出一个正在渐行渐远，却美好苍凉的世界；要对大地上的万物理解和尊重。生活要有爱，要有光，要有和谐，要有有指望的未来。他要告诉人们，世界是我们的，也是它们的。

于是，我们看到他笔下那些动人的主人公，他们不是俊男靓女，它们是动物，善于奔跑，有自己的生存体系。它们信赖人类，也和人类一样，有爱恨情仇，会心怀悲伤，有自己独特的生命历程。那些有名有姓的草原上的犬类，那些藏獒，被黑鹤领到读者面前，让我们从这里，看到了草原的大美和辽远，看到了世界的丰富和开阔，也看到一些正在稀缺的高贵品质，热情、忠诚、义气、隐忍、温暖、诚实、坚强——由此，顺理成章地，我们看到了一个作家辽阔的精神背景。他没有辜负自己民族血缘里最宝贵的基因，他愿做一个草原赤子，以自己的方式，对民族与历史，对人性与精神，对爱和尊严，进行探寻和思索。

记得我读《罗杰、阿雅我的狗》和《黑焰》时，分别给黑鹤打过电话。因为，我确实被他写的那些经历和故事感动了。我牵挂着罗杰、阿雅，牵挂着格桑的命运，甚至都能听到它们呼吸的声音，感受到它们毛茸茸身体的那种战栗。这些猎犬和藏獒传奇的经历，唤起了我四面八方的联想，对生命的尊重，对世界的敬意，对生活的责任。那阅读的时刻是幸福的，草原的风声、命运的雨水、人间的恩义，都在跌宕起伏的小说情节中。我甚至想，在长久地与动物相伴、对动物的不倦抒写中，草原上长大的孩子黑鹤，也以某种神秘的方式，获得了那些动物予以加持的能量，他是在替它们说话。它们，也无私地帮助了他。

年轻的黑鹤是有定力的。当很多人面对现代化脚步越来越快而唯恐被时代落下的时候，黑鹤选择了转身向回走。牧区，荒野，山地，草原。他知道该把目光和脚步留在哪里。他属于偏远和辽阔。前年我们省作代会后，他和我道别。天寒地冻，我站在马路边上，看着他的身影走向他自己那辆风尘仆仆的车，逐渐消失在哈尔滨迷蒙的雪中。他不肯在这与他无关的城市多停留一会儿，我想，他做了一个对的选择。他所要书写的那一切，让他必定有舍弃。他与世俗生活，要有必要的疏远和隔离。这是一种宝贵的态度，也是一种文学上的自觉。

黑鹤是幸运的。接力出版社如此用心地推出他的作品，以打造品牌的态势扩大一个作家的影响，如此郑重地为他召开这样一个研讨会，是对一个作家作品的尊重，是对文学的敬意。

收到会议通知的时候，我第一时间想起的，是与他初识的样子。一出机场，看到身材高大，穿着庄重漂亮的蒙古袍、腰挎着蒙古刀的黑鹤站在那里，我眼前一下子浮现出十五年前那个清瘦的眉宇之间还有少年神情的黑鹤。时光飞逝，他长大了。但他身上那种与众不同的气息，依然没有改变。他的身后，是他钟情的辽远世界，是人类和广袤神秘的自然，是活在大地上、生生不息的我们，还有它们。

在呼伦贝尔草原，在如此清冽的空气里，研讨他的作品，这真是富有创意。在草原研讨动物文学，这就像是黑鹤小说中的一个章节。我们集体站在茫茫草原之上，回想黑鹤笔下那些草原上的生灵，那些与草原生活相关的细节，真是相得益彰。我想，无论是黑鹤、出版社，还是与会人员，都会有一种前景开阔、路途遥远的感觉。在中国最蓝的天空下，我们畅快地呼吸，心扉舒展。让我们给黑鹤、给接力出版社、给所有来参加这个研讨会的朋友、给成千上万的读者和黑鹤笔下的那些人类的伙伴最真诚的祝福。

愿天下清明，万物生长，文学长青。

回望与前行

——读君艳散文集《芳甸》（代序）

　　当我读完《芳甸》，有种恍惚之感，我忘了作者人至中年，已是一个对人生百味有诸多体验的资深教师。我的眼前始终闪现着一个敏感美好的少女形象——她身形轻盈，眉宇清朗，聪慧懂事，有一颗尚未被磨损的心。穿过时光，我甚至看见她在原野上蜿蜒前行、忽然转身，向我们莞尔一笑的样子。这是一本引领我们回望的书，它让我看到了少女时代的君艳，看到了她带着青草气息的童年和那些已经成为斑驳往事的昔日时光。

　　一个安静的人，写了一本引人陷入遥想的书。书中随处可见诚意和朴素的美感。那些毫无造作的文字，如同一张张黑白照片，引领我走进一幕幕寻常却动人的生活场景——那是中国北方地道朴实的百姓人家，那是散发着人间温暖气息的动人瞬间。

　　谁能忘记故乡和童年呢？那些往事坐落在我们生命的上游，一经触动，就会碰到我们心里最柔软的部位。那是孕育我们灵魂和情感的地方，是我们的人之初。即便我们已满面尘埃，身心疲惫，即便我们已走过千山万水，那最初给了我们人世经验和体味的过往，依旧会在我们心事的深处，像一眼古井，在草木的掩映中，以平静中的深邃，收藏着我们宝贵的往昔岁月。

我羡慕君艳，她的故乡那么辽远结实，她有着可以让自己一往情深的芳甸。尽管童年的她没有更多的玩具，没有今天孩子这么丰富的玩乐设施。可是，她从土地、天空、河流、原野，从祖母和亲人那里获得了生命最原初的质朴和灿烂（《文明的秘密》）。这个自己就像云朵和花草一样的女孩子，在她的人生之初，得到了最为重要的爱和温暖。尤为可贵的是，是大自然，给了她最初的、最优质的启蒙。这种启蒙像光线一样，洒照在她生命的年轮之上。而对于一个写作者来说，这是多么重要甚至珍贵的功课。她还那么小，清澈的眼睛就认识了庄稼和各种植物。她最早认识的花，就是梵·高为之痴迷的向日葵（《葵园》）。她背着花书包，走在原野曲曲弯弯的小路上（《上学的路》），春夏秋冬内容不同的草甸子（《芳甸》），以及那些飞过童年的燕子（《燕子的故事》）……这些看来寻常的一切，这些大地上的物事，这些造化本身完成的和谐和生动，凝聚了巨大的气场，滋养了君艳灵秀的天性。她的想象力在最朴素、清新的状态下，获得了一双起飞的翅膀。反过来，这个已经飞离往事的孩子，又用手中的笔，把那曾滋养她的一切重新赋予了灵性。

这是令人信服的写作。不是无病呻吟，而是情之所至；不是雕虫小技，而是浑然天成。她感恩惜福，无论是对母亲还是婆婆，还是其他亲人，都满怀深情。她对村庄（《被绿色掩埋的村庄》），对粮食（《生命中的小米》），笔触之中流露的是珍惜和感动。许多写人的篇章，读来都让我有鼻子一酸的感觉。作为读者，我感到了故乡的风没有停息，它依旧吹动在君艳今天的生活和她的文字之中。

整本散文集，文笔端方朴素。无论是怀想逝去的亲人，还是追忆往事，写民俗民风，都如清水流过，无痕却带着清爽和透彻。正是这种犹如和亲人谈心的叙述方式，让我看到了她内心深处的安稳和自信。她是在芳甸长大的孩子，吹拂过她童年的风，一直在她的精神世界里，逐渐成为清扫尘埃的力量。她写最亲的人，写自己经历的往事，写故乡，写异乡，写她自己对生活的认识和感受……有什么必要装腔作势呢？那个许多年前头上插着打碗花的女孩，不会忍心在倾诉自己最真诚的心事时，用那些华丽和装扮过分的词汇。有着多年语文教师素养的君艳，明白语言的分寸。越是这样朴素的抒写，越是让我们看到了，她是一个有自己追求和主张的人，她不必随波逐流，她有一个清新而刚健的精神世界。

从君艳的文笔里，隐隐地，我还读到了一种惆怅和忧伤。

其实，当她还是小女孩时，这种忧伤就跟随着她。由于命运，她生在了农村。父母的忧郁，家境的清贫，使这个女孩子站在"天似穹庐，笼盖四野"的茫茫草原，心事连绵（《牧羊女》）。尽管在文字之中，有许多地方，这种情绪不过点到为止，但我还是能从字里行间感受到，她和她的乡亲以及长辈们，一起经历过清贫，经历过"那些远远多于幸福的不顺和烦闷"（《关东烟》），经历过诸多生活的不顺和苦涩，她的忧伤单薄、干净，不是泪水滂沱，而是隐隐作痛，是无形之中悄然地慢慢弥散。在经历了人世沧桑之后，在今天这样物欲横流的世界里，她在自己的文字中如此深情地屡屡回望，本身已包含一些未及道出的怅惘和伤怀。故园不再，亲人逝去，美好的往事不会重来。人生落寞，百感交集，生活的起伏和失落，都会让这颗敏感的心波起浪叠。

值得一提的是，人生的缘分，使君艳选择了一个诗人作为生活的伴侣。她有了一个永远的读者和可以做倾心之谈的伙伴。诗人善良，有时也不免执拗，可每当谈及妻子，嘴角唇边总是浮起微笑。什么叫相濡以沫，我从这对夫妻的身上看到这个词语的含义。记得有一次我和立宪说起他们夫妻的感情，平日内敛的立宪虽不事夸张，却也不会掩饰，我记得他表情认真相当深情地说：那真是，太好了！他一边说还一边使劲点头，好像在用头部力量加重语言的强度，甚至情不自禁地流露出一种类似钦佩的神情。我当时非常感动，只有这样纯真的人，这种相互懂得、彼此欣赏的人，才会这样评价自己的婚姻。我为那个从芳甸走出来的女孩子感到庆幸，她没有碰到骑着白马的王子，她却找到了懂得珍惜她的诗人。

写作是幸福的。我相信君艳每一次进入写作之中，获得的感觉都是新鲜的。我们用自己的笔，写我们自己的心事。童年和故乡，给了君艳一个芳甸，她把它放大成整个世界。她的芳甸其实不只是在她的记忆中、想象里，还在她不停的创作之中。在她写作的地理版图上，她已经将芳甸延伸扩展了。这个芳甸，承载着一个人的风雨沧桑，在此已具有了象征的符号，是一份心灵密码，是君艳写作的故乡。

我祝福君艳，祝福这个在芳草萋萋的原野上长大的孩子，不仅能写出更漂亮的文章，也有更加舒展完善的人生。我愿那带着神性的芳甸，护佑着这个在它怀抱里长大的女子，不断赐给她不竭的精神能量，不仅让她眷恋地回望，还用她所能感应到的方式，召唤引领她前行。

荒原的女儿

2011 年岁尾到 2012 年初，我是在对一本书的阅读中度过的。这真是一次清新而刚劲的阅读体验。我情不自禁地为这些文字所吸引。窗外，是哈尔滨久未下雪有些暗淡的深冬，而这书里的文字，却领着我看到了一个空气清冽、天高地阔的远方。

我要谢谢玉玲的信任。她让我在这些文字付印之前，成为最早的读者。我的 2012 年，有了一个深为感动的开始。

这本书让我更深地了解了玉玲。跟着她文字的手势，我好像迈进了一列时光列车，逆行而上。我见到了那些记录玉玲成长的一个个小站，看到了一个北大荒的女孩子，怎样在岁月的风雨里，从一个天真稚气的小女孩，长成目光清澈的少女，又怎样成长为一个睿智、大气、既有百转柔肠又有男儿气概的优秀女子。

人出生在哪里很重要。命运给了玉玲一个开阔的背景。作为转业军人的后代，那个从战场上归来，有胸襟和气概的父亲，为她的人生做了最初的选择和铺垫——她的童年开始在北大荒。她睁开眼睛认识的世界，是苍茫的山水，是无边的原野……

在这里，她获得了最初的生命体验。她认识那么多名字美丽的花朵——达子香、牛蒡花、剪秋萝、看麦娘——她看到美丽的火烧云（《火烧云》），还有老鸹子飞舞盘旋的蓝天（《老鸹子的蓝天》）。

山岗、河流、平原、草木、风雪，当这些词语以真实的面貌丰饶地呈现时，对一个天真、对未知事物充满好奇的孩子，是一种多么美好和必要的教育。在大自然里开始的童年，对孩子心智的启迪，具有神奇的作用。在这一点上，对日后从事教学与写作的玉玲来说，她是幸运的。尽管，那个时代的孩子，物质生活匮乏，乡下的孩子尤其要更早体验生活的艰辛。但那种来自大地和原野的快乐，那种苦度岁月亲人之间的相互温暖，那种少小之时就四体勤、五谷分的要强和懂事，应该算是人生的一笔重要积蓄。

在《远去的蹄声》里，我们跟着玉玲的笔，似乎也重返了童年。我们和她一起，看到了："就像是天上掉下来似的，不知从哪一下子跑出来那么多的狍子，银白的雪野上，闪动着黄色的光芒。

"我一动不动地看着精灵的舞蹈，看着它们向远方奔去的身影。这幅画面永远定格在记忆中。不是所有的北大荒孩子都曾有过这样的眼福，我要感谢带领我们东奔西走的父亲，因为他老是承担开荒建点的任务，我们必须跟在他的身后到荒原上去安家。还要感谢他把女儿当成儿子养，虽缺少了细腻的呵护，但多了坚毅的训练。当他说一声'走，跟我去'时，日后的我们因这句话受益终身，从不娇惯的我们养成了荒原上长大的孩子特有的性格——在我们的面前没什么更大的难事。"

这是真正的小中见大，从荒原上见到狍子写起，落笔时已是人生的感慨。在"印象北大荒"一辑，许多篇章都是这样。那些经历，那些感悟，无论是对于一个作家，还是一个心灵丰富的人，都是上苍的恩典。这最初的人生经验，奠定了玉玲日后生活、写作，甚至为人处世的根基和视角。就像玉玲自己所说——

"我们这些在 50 年代就随父母一起来到荒原的孩子，懂荒原也懂父母，懂荒原上的一草一木，也懂荒原上的春夏秋冬。我们的课堂在马架子里，在布满蚊虫的世界里，在大荒甸子上，在呼啸的大烟炮中。凡是和我们生命中亲近过的东西，我们都感到那是生命中的一部分，并成为永恒记忆的一部分。"（《麦娘在歌唱》）

在阅读中，有许多地方，需要停顿下来，百感交集的时候，鼻子发酸的时候，眼睛发潮的时候。同样作为写作者，我能感应到，让我心有所动之处，也必是玉玲写作时难以平静的时刻。我能感到，作为读者，我和玉玲的心，在那一刻是相通的。

这是一本深情的书。读者将会在文字中，认识她粗犷大气的父亲，温和贤淑的母亲。他们是她的亲人，也是人生路上最早的导师。

那些写到母亲的文字，几度让我动容。玉玲笔下的母亲，唤起了我们对于亲情的感动。已经长眠的母亲，又在女儿的文字中复活了。她的音容笑貌，她给儿女唱歌、跳舞的神态，她在深沉的夜色中用手在虚空中写字的情景，她劳碌一生的身影，她那些写给女儿的信笺——许多地方让我热泪盈眶。没有渲染和夸张，这些似乎带着温度的文字，散发着家常的安详之气，因而有了更为动人的力量。当她写到保存妈妈贴身衣服作为纪念，平静的笔触让人潸然。

"母亲的这件衣服最少已穿了近十年了，白底上细碎的淡淡的小蓝花，无领无袖，是夏天时中老年妇女常穿的那种款式。母亲夏天穿在外面，冬天就贴身穿着。母亲洗衣服特别透亮，圆领边已破旧了，可衣服清清爽爽干干净净，上边有着母亲淡淡的体香，那是女儿对母亲最熟悉的一种气味，不仅凭嗅觉，更是一种心灵的感应。

"许多年里，我都把母亲的这件贴身衣服放到我的枕下，这样我就感到离母亲很近很近，一如偎依在她的身旁。很想念她的时候，就捧起这件衣服放在脸边，嗅着那上边的气息。"

谁读到这能无动于衷呢？天下母亲那种无边的爱，天下儿女对逝去母亲的怀想，一同涌上心头，让人沉浸在一种百感交集的感动之中。

我发现笔触只要写到北大荒，玉玲的笔下就情不自禁流淌着深情。北大荒的父老乡亲、北大荒的风花雪月、北大荒的大山大水，给了她对生命的认识，开启了她的智力和悟性。"那些地方——我生活过的地方，我热爱它们，它们是我生命中的一部分。当我离开那些地方时，我知道，生命的一部分流逝了，定格了，它们化作一种顽强的东西，在记忆中生根。远离它们时，我就在记忆中细细地反刍它们往时的滋味，细细地触摸它们清晰的质感，那些点点滴滴的小事情、深深浅浅的记忆像惊蛰后的青青草，带着一缕缕的暗香生长在心田里。我的生命时常像被清水一般浸泡着、洗涤着，它们使我的心柔软而透亮。"（《千金时光》）

我和玉玲有很多相同的地方。我们同龄，都是中文系的女生。都是女儿、妻子、母亲，都当过老师，都写作。我们都喜欢弗·克·阿尔谢尼耶夫的《在乌苏里的莽林中》和罗尔斯顿的《哲学走向荒野》。而这个从小就生活在大自然的怀抱、真正北大荒的女儿，她的领悟显然更为深邃。她对于大自然的热爱，随着心灵的成长，已经上升到对于环境哲学、对生态伦理的思考和探究。她的《边地月》《三月的盛宴》《三月的忧伤》这类散文，元气充沛，饱满的激情与深沉的忧虑，来自她独到的经历、体验和思索。

我想起许多年前，玉玲那时在密山八一农大。我和一些诗人、作家，到兴凯湖去开笔会，她盛情地接待了我们。那时的玉玲身材挺拔，干练漂亮，当时，一位诗人率性地当面抒情："周玉玲，你这眼睛太好看了！"落落大方的玉玲得体而礼貌，她不在意这些赞扬，而是如数家珍般介绍着农大。我记得最清楚的是，当她在一个展馆里，带我们看着那些动物标本时，她为我们讲述了湿地群鸟高飞的壮观场景。

　　她深情地描绘起那些鸟儿的天真和美丽，我听得都入迷了。当她说起农大一位了不起的鸟类专家，那种油然而生的敬佩和尊重，让我们在场的很多人，都受到了感染。

　　当我在这本集子里读到《湿地之光》时，一下子想起了当年的场景。我断定这个人就是玉玲当初介绍的那位鸟类专家。我不认识这位让人尊敬的学者，但是，玉玲的笔墨，让我们看到了他常年跋涉在荒原的身影，看到了一个甘于寂寞、内心却天空一样辽远的人。这是心灵生出翅膀的人，不在意表面的显赫，日复一日，为理想和信念，为他所牵挂的地球和家园奔忙。一瞬间，我觉得自己好像也站在那水天清冽的湿地上，正在经历阳春三月众鸟迁徙的壮观场面。我的心和玉玲一样，受到了震撼：

　　"这是一份天长地久的默契，是一种没齿不忘的滋养，是人与天地神的一个交会点，是我命中的福分啊。"（《三月的盛宴》）

　　一些女作家在写作中，常会情不自禁地掉进自恋的泥淖。玉玲文字的可贵，在于她笔下不仅仅是风花雪月的咏叹，她的担忧也不是一己之利。她没有那些拿腔作调，也不屑于自我戏剧化描写。心性的提升，知识、学养扇面的扩大，让她关注的世界越来越阔达、深远，她的文字也越发有担当，流露的是对生存环境的担忧，是对人类前程的关切。

　　这本书里有她对北大荒的深情，对人间恩义的感动，对精英人物的记录，但最重要的，是她的倾诉和自白。我将此视为玉玲心灵的自传，也是她自己的一份文学履历。这些文字，色泽明亮，舒展清朗，有一种素朴之美。情深意长里，有气量和从容。我想，那是因为，她的身后，是群山和荒原，是众鸟高飞的湿地，是白雪皑皑的家乡，是深沉凝重的爱、温暖和期待。

作为北大荒的女儿，玉玲向养育她的山川河流，向给予她爱和信任的至爱亲朋，献出了一份礼物。这份礼物，就是这本书，就在这里，有文字为证。

荒原的女儿

傅天琳，一棵优美的诗歌之树

　　很多年前，某出版社编了一套女诗人的丛书。这套丛书按照统一体例，要有作者不同时期的几张照片。在编天琳那本诗选时，她提供最早的一张照片，是二十岁的。她对那张照片的题词是：少年时忙着吃苦，想起照相时，已经二十岁了。当时的责任编辑深受触动，热泪盈眶。恰巧我又是那责编的妻子，知道这件事。在我和天琳久长的友情中，我总会在某个时刻忽然想起这句话。我没有对天琳说过，似乎就是从这句话开始，我对她的敬重和欣赏里，糅进了姐妹之间的那种疼惜。

　　20 世纪 80 年代，我还年轻的时候，公出到重庆。当时正是暑假，我之所以愿意在酷暑之时欣然前往火炉重庆，是我想见到那里两个重量级的诗人——傅天琳、李钢。尤其是傅天琳，这个让我心仪的女诗人，她诗中的优美、聪慧，清水一样的澄澈和云朵般的灵动，以及那种缭绕弥漫的忧伤，让我在众多的诗歌文本中一见如故。我看到报刊上她的照片，她的脸庞线条柔美，微笑得那么真纯。我喜欢这样的人。她完全符合我对一个优秀女诗人形神兼备的想象。因此我对这个女子除了敬佩，也充满了好奇。在西南师大，我见到了斯文儒雅的诗评家吕进先生。因为我就住在西南师大校内，于是便得以在日落以后到他家里悠然喝茶。那真是个美好的夜晚。他们夫妇亲切温暖，宽宥地听着我尚带一些火气的世事评断，让初出茅庐的我，感到一种温暖和松弛。缭绕的茶香中，我们也自然地聊起了傅天琳。吕进老师显然如我一样，也欣赏这位缙云山走出来的女诗人。我还见到了李钢——当年的李钢多么年轻俊朗，以至于跟我同行的长者提醒我："小李，社会复杂啊，异地他乡，别让帅哥的外表打动。"我告诉同伴，此李钢非凡俗人等，他就是写《蓝水兵》的那个诗人！中文系出身的长者其实还是单纯，一说诗人，立刻放心了。在 20 世纪 80 年代，诗人身上尚有光环，容易让人生出尊敬和信服，尤其是"著名的"。我告诉李钢，我想见傅天琳。李钢说她刚巧出国了。在当年的文学版图上，傅天琳和李钢，是重庆这座西南名城的重要标志，是用诗句铸就的别样城徽。没见到傅天琳，相当于"重庆"两个字我只见到了"重"或者"庆"。后来，当我乘船离开朝天门码头，晨雾中的山城在我的视线里向后退去的时候，我心怀惆怅：去了缙云山，走过了女诗人走的那些山路，却没见到她本人。真是这个夏天最大的遗憾。

人与人之间的缘分是奇妙的。我和天琳，以神交开始，得以见面时，早像已经认识了数十年。我们彼此认同，对人对事，认识上诸多一致，精神上有难以言说的默契。天琳说我是她最亲的姐妹，这不假。多年的交往，我们已经知根知底。有趣的是，《诗刊》和《人民文学》

的编辑，联络不上天琳时，都分别把电话打到我哈尔滨的家中，询问她的去向。而海内外的诗歌友人，如有电话打来，也几乎每次都要问问天琳的情况，或者让我转达问候，好像我是她的经纪人或者助理之类。

在北京、上海、张家港、香港、台湾、青海，这么多年过去，我忘记了我俩有过多少次的彻夜长谈。常常是，我们彼此相劝"睡一会儿吧"，刚刚躺下，其中某人又忍不住开口说话了。我敢说，中国诗人中，我是见过天琳笑容与泪水最多的人。

傅天琳是好看的女人。她眼神清澈，笑容甜美，单看外表，不大像是经历过苦难的打磨。她这一生，有过许多苦涩的心事。因为父亲是国民党的"干部"，小小年纪，还是花骨朵时期的小女孩儿，她就开始品尝了人间的辛酸。她被迫站在红色时代框定的各种标准之外，在风雨迷蒙的缙云山果园，当了十九年的果园工人。有时我想，造化弄人。这十九年的劳动岁月，纵然含辛茹苦，但是，对于天琳来说，站在草民的屋檐下，她经历了中国民间底层的风霜雨雪，双手触到了生活的粗粝和坚硬，也结识了最质朴厚道的劳动人群。她还在这个果园里，遇到了身世相近，是"国民党高干子弟"（天琳的戏言）的丈夫。从此有了自己的家庭和一双好儿女。年复一年的岁月，天琳和那些果树一样，渐渐具备了果树的韵致和风骨。华盖葱茏，是因为根深安稳；果实甘甜，是因为日精月华的吸纳和栉风沐雨的经历。

让我感到神奇的是，那些劳作，并没有把天琳变得粗糙。她在艰苦的环境里，完成了一块璞玉的磨削和历练。当她以一脸清新的风貌出现在 20 世纪 80 年代的中国诗坛时，可以说是独具风采，迅速成名，很快赢得了那么多喜爱她的读者。这个看上去并不很高的小女子，她是站在山上长大的。她对人的善意和温情，她丰盈清新的艺术感觉，历经坎坷却依旧纯真的美好天性，她内心的羞涩和名利场上的习惯躲避，甚至她的懵懂神情和惶惑不安，我相信都连着她的果园岁月。这个从缙云山林间小路走来的诗人，自然淡定，毫不矫饰。如果她不是一个女诗人，也一定是个让人喜欢的好女人。在她身上，同时兼备着水果的芬芳和树木的坚韧，她正像自己笔下"坐果于内堂"的柠檬一样，"从不诉苦/不自贱，不逢迎，不张灯结彩/不怨天尤人。它满身劫数/一生拒绝转化为糖/一生带着殉道者的骨血和青草的芬芳"。作为中国诗坛的一颗柠檬，诗人傅天琳褪去最初的青涩后，正"娓娓道来的黄/绵绵持久的黄/拥有自己的审美和语言"（《柠檬黄了》）。

　　20 世纪 80 年代，是天琳走红诗坛之时。她获全国大奖，她出国访问，她被各地诗会邀请。当荣誉的羽毛在眼前飘飞时，有一个人，是清醒而不安的。这个人，就是她自己。果园女工出身的她，认为自己得到的太多了，不应该啊！这个习惯了和静默的植物在一起的人，曾惶然地对采访她的记者说："我得到的太多了！我要在二十年后，用我的写作赎回我的惭愧。"

　　我不知还有哪个诗人，说过这样的话，在当红之时，有过这样的不安和惭愧。

这就是傅天琳。

十九年的果园经历，可能连她自己也未必清楚，集合了苦难与温馨的土地、经久的劳动、质朴的人群，塑造了天琳的质量。正像她在她诗中倾诉的那样——

> 最后我发现我更愿意回到果园去
> 回到柠檬、苹果、桃子、杏一样的人群去
> 沿着叶脉走一条浅显的路
> 反复咏叹，反复咀嚼月光和忧伤
> 我深深明白：这片林子是和我的青春
> 一起栽种，和我的幸福一道萌芽的
> 就是再次把血咳在你的花上
> 把心伤在你的树上我也愿意
> 曾经以为仅仅做你的诗人，太小
> 这是何其难得的小啊！我又是何其轻薄
> 果园，请再次接纳我
> 为我打开芬芳的城门吧
> 为我胸前佩戴簇新的风暴吧
> 我要继续蘸着露水为你写
> 让花朵们因我的诗加紧恋爱
> 让落叶因我的诗得到安慰
>
> ——《果园诗人》

如今，二十年过去了，诗坛上一波未平又起一波。

傅天琳确实不再那么红了。不仅如此，不谙世事的她，还承受了一些文坛的不公和委屈。作为重庆标志性诗人的傅天琳，竟经常会被"无意地"遗忘或者干脆是遮蔽。可是，诗人傅天琳，不会趋炎附势，不会巧言令色，她的心思不在卑微之处。她依旧写诗，像她自己的诗句那样——"有一种光芒在寒冷的深处"。她凭着自己的心和悟性，遵从一个诗人的本分。过去，她给重庆带来过荣誉，今天，她给自己，带来一个诗人当得起的尊严和光芒。

曾经为荣誉心怀惭愧的她，近年来再一次用自己的诗歌，赢得诗坛的敬意和关注。她没有白白地经历果园岁月，来自果园的她，果然得到了那些果树的气韵和精髓。你以为她落叶了吗？她又发了新的芽。有目共睹，她近年来的诗越写越好，相继发表了组诗《南疆六首》《六片叶子》《果园诗人及其他》《唤醒你的羞涩》《一万亩辽阔》等等，或者得奖，或者遍受好评。到底是傅天琳！宝刀型诗人灵动清新如故，笔端下却越来越开阔，越来越沉郁，思想的力度更为深邃了。她的目光还是会泪水浮动，那是为了大地震后再不能返回人间的孩子，那些"刚刚露脸的小叶子"；她的牵挂也依旧绵长，那是为那些果园老姐妹。她们"皲裂，粗糙，关节肿大""树皮一样，干脆就是，树的手"，她们就是装在天琳心里的人民。为了大地上的美和善行，为了苦难和忧虑，天琳用自己独一无二的诗句，让我们看到了她情怀里的"一万亩辽阔"，这个不再年轻的女诗人，正在轻声叩问——

谁最静

谁最从容，谁最沉稳

谁能在山水里一坐千年

谁仅凭一盏清茶嚼墨弄文

行李箱要尽量地空，尽量地轻

谁舍得把脂粉、名利、欲念统统扔掉

谁的心为石头柔软

谁的足趾生满云雾和花香

谁愿在司马悔桥主动落马

谁能在这棵五百年黄连树下，和它一样

苦着，却枝繁叶茂

谁最像唐朝诗人

——《谁最像唐朝诗人》

　　这就是今天的傅天琳，这就是她今日诗歌里的气象。她的气息均匀安详，她的诗风也更为淡定更为苍茫了。

　　天琳比我年长，按说是我的姐姐。但是，交往这么多年，我还真没叫过她一声姐姐。往常习惯被别人照顾的我，一到她面前，懂事程序就自动启动。因为，她是个迷迷糊糊的人，经常处在那种茫然无措的状态，一脸恍然大悟的表情。她最在行的就是写诗，其他基本就忽略不计了。我要是和她在一起，必须得多操一点儿心。去年，她和娜夜到黑龙江某地参加活动。活动结束后，她知道娜夜也是我的朋友，就兴致勃勃地对娜夜说："咱们去李琦那里，好好闹她两天！"于是先行陶醉在好友重逢的惊喜里。这位花甲女生，兴致勃勃地给我发短信，看我一直没回，立刻孩子一样蔫头耷脑，满怀失落悻悻地与娜夜返回了。到家后恰逢我去电话，她委委屈屈地流露了失望。我当时就严正指出，错肯定不在我。我责令她说出我手机号码，一说，果然是老早的。换号时早告诉她了，人家根本就是一根筋，没记住。我记得自己当时说，天琳，以你的智力，不适合制造惊喜，看，成惊吓了吧！

这文章即将写完时，和天琳通话，她说："我昨天请果园老姐妹去吃自助餐了，可高兴了。还有一件事，我太感动了！你知道吗，果园老姐妹告诉我，农场请人把我的诗刻在木板上，就挂在那些果树上。"而现在管理果园的，是又一批年轻人啊——天琳还说，她立刻就想到了台湾诗人纪弦的那首《你的名字》——

刻你的名字，
刻你的名字在树上，
刻你的名字在不凋的生命树上。

当这植物长成了参天的古木时，
啊啊，多好，多好，
你的名字也大起来……

天琳说到这儿，哽咽了。电话这端，我的泪水也随即浮上眼眶——眼前浮现了一派动人的景象：郁郁葱葱的果园里，那些刻着诗句的木牌，沾着水果的芳香，正在随风摇动。真好啊！这些诗歌其实是另一种果实，是从前的果园女工傅天琳用心血种下的。而那些举起这些诗句的果树，恩义厚重——它们过去见过天琳年轻的身姿，现在又在这里护佑着她的诗句。这是多么美好的一种衔接。缙云山果园，天琳的吉祥之地。那想起这个优美创意并付诸行动的人，请接受我的感谢和赞美。世事真玄妙。被重庆文坛委屈过的傅天琳，在她果园的怀抱，得到了宽厚和温暖。我不知道你们是谁，但我要捧出我的敬意和祝福。谢谢你们！替天琳，替诗人。

　　亲爱的天琳，我和你之间，已经不必多说。除了你的诗歌，我特别希望你健康，你快乐。生命真是太短暂了。我愿意在我活着的时候，能常见到你，我愿意常能从电话里听到你那独特柔软的"喂"，我愿意我在这人间逗留时，能读到你的诗句，看到你的笑容，知道你一切安好的音讯。我愿意和你继续互相夸奖，互相批评，全说实话。你，好好写诗，好好吃药，好好生活，你和你的家人，你的一切，都要好好的！

柳沄小记

　　如果要是在人群里评选谁最安静，最与世无争，诗人柳沄我想一定位列其中。认识他三十年，这个人就像一块石头，心有定力，安稳平实，而且越来越惯于独处。他不善言辞，不擅交往，住在闹哄哄的沈阳城，硬是把自己偏僻遥远了起来。在一些人眼里，他甚至是孤僻和执拗的；而了解他的朋友则知道，在他眼里，有一座诗歌的雪山。他几十年来的大部分岁月，都是在对这座雪山的凝望和向它前行的岁月里度过的。

　　当然，他也是平常人，和我们一样，也正在流逝的时光中慢慢变老。想起最初我认识他的时候，他尚青春年少，目光清澈干净，一笑，带着少年般的羞涩。而今，"柳沄老师"已经两鬓微霜，脸上添了各种粗细不等的皱纹。如果说这数十年一成不变的，那就是圣徒一样的诗人情怀和持之以恒的写作。寂寥的岁月里，他习惯了在默默的思考和写作中汲取能量。虽交往清淡，却不影响他心神遨游，向远处眺望，往高处努力，以一种令人尊敬的坚韧，书写一个诗人成长的历史。

　　20世纪90年代初，我在"北方文学"当编辑。当时东三省三家文学刊物《鸭绿江》《作家》《北方文学》

关系良好，每年有联谊活动。记得那年轮到我们"北方文学"做东，我们便邀请两家兄弟刊物同人们到黑河对岸的俄罗斯布拉戈维申斯克访问。彼时正值中俄边贸热闹时期，时兴以物易物。中国的轻工业产品，在俄罗斯大受欢迎，可以换来一些物美价廉的物件。我们为客人们准备了一些东西。因为过境名额有限，我去过俄罗斯，就没去。临走我拜托同事说："柳沄是诗人，又懵懂，在中国都整不明白，出门在外，多关照一下。"

结果是，我的同事回来后对柳沄赞不绝口，说真是诗人啊，果真单纯善良。过了境，人家啥也不换，带去的包就地打开，东西都散发给孩子们了。一群漂亮的俄罗斯儿童围着他，他就冲他们傻笑。除了出神地望着异国的风物，他啥也没干。回来过海关的时候，工作人员对别人还有一些盘问，到他那儿，看惯了大包小裹的俄罗斯阿姨，拍了拍两手空空的他，疼爱地说了一句"好男孩儿"就让他过去了。

这就是柳沄。他在生活中几乎没有什么欲求，读书、写诗、编诗，清淡度日。唯有诗歌，那是他的命，是刻骨之爱。这么多年来，他像追求真理那样，追求着诗歌写作的境界。他不加入任何门派或者潮流，不跟从时髦，不大声说话，没有风头，却胸中有数。他对诗歌的热爱，是自己心灵的事情，所以，他坚定而一意孤行。大路条条，他走自己的小路，以自己的方式抵达诗歌的秘境，心无旁骛并乐此不疲。几十年的写作，柳沄把写诗变成一种参悟生命的个人修为，写诗之于他，是一种生活、一种信仰、一种与世界对话的方式，而且几乎就是唯一的方式。

被称为柳沄代表作的《瓷器》，是我非常喜欢的一首诗——

比生命更脆弱的事物
是那些精美的瓷器
我的任何一次失手
都会使它们遭到粉碎

在此之前
瓷器吸收了太多的尖叫
坠地时又将尖叫释放出来
这是一种过程，倏忽即逝
如此，千篇一律的瓷器
谁也拯救不了谁

黄昏的太阳雄心消沉
围绕着那些瓷器
日子鸟一样乱飞
瓷器过分完美，使我残缺
如果将它们埋入地下
那么我漫长的一生
就只能是瓷器的某个瞬间

但在另一种意义里，瓷器

坚硬得一点儿力气也没有

它们更喜欢待在高高的古玩架上

与哲人的面孔保持一致

许多时候，我不忍回首

那样它们会走动起来

而瓷器一经走动

举步便是深渊

…………

在瓷器跌落的地方

遍地都是呻吟和牙齿

…………

　　飘逸而深邃，丰富而多义，那瓷器与柳沄自己的精神质地特别契合。从《瓷器》到他不久前创作的《山谷里的河》以及《无名小岛》《那条河》等诗歌，细读下来，就像是有一条隐秘的小路，表面看来咏物抒怀的诗句，实际上就是诗人柳沄不妥协不流俗的精神轨迹。这些年来，这个总是情不自禁书写河流和时间的诗人，他自己也像河流一样，蜿蜒倔强地前行。波浪翻滚的河面，有天光和月色的照耀，同时，也携带着雷电和风雨。

　　在我接触过的诗人中，有人才华横溢，有人聪慧机敏，有人放达不羁，有人低调安静，也有人自信爆棚。柳沄和谁都不一样，他的内心，有一种特别打动我的肃正之气。在他那里，诗歌是不容轻慢和亵渎的。他不会像一些潇洒的诗人谈起诗歌来那样语句滂沱，激情四射；他很少调侃，也不大和人争辩，却从不会轻易妥协；他不在乎人群里的冷场，不掩饰看不惯或不喜欢的人或事；他内敛、羞涩、自律，同时，不圆滑不世故也常让他陷入局促，有时甚至会被人认为是不通情理。有一次，在作协办公楼，他拎着暖瓶去打水，迎面走过来一位领导，人家是兄长也是作家，也很关心他，他本想说句表达内心友好和感谢的话，但是，话到嘴边，脚步自动停止了。结果是头一低，拎着空壶转身回来了。这当然让对方有些尴尬，想不误会都难。好在了解他的人，也不会和他有太多的计较。

可是，到了不需应酬世故的环境，他就会呈现出放松自然的状态。八年前，他到黑龙江参加一个诗友的作品研讨会，会议结束，我们应友人之邀，几个人结伴，去牡丹江的镜泊湖小住几天。那几日，柳沄像鱼儿入水，自如舒展。我们谈天说地，谈朋友的诗，他一首一首分析，思路清晰，见解独到。一起打牌时，他难得地呈现了性情中的幽默和调皮。那些天如世外桃源，过得悠然自在。我们坐在悄无他人的湖边，看天上流云，看湖中的水，没人说话，谁也不愿打破这美好的静谧。记得有一天黄昏，柳沄像是对我们说又像是自言自语："我要是天上的鸟就好了。"我们谁也没搭话，我看着夕阳下坐在石阶上抬头仰望的柳沄，他的神情是那么单纯静穆，脸上带着一种光芒。那一刻，我知道，他的心长出了翅膀，思绪正在那辽阔的云天。

　　和一些特别愿意参加各种活动的人相反，柳沄很少参加活动。他怕见太多的人，手足无措，原因很简单：不知道说啥。记得诗刊社组织诗人参加青春回眸的活动，《诗刊》主编也是多年来深知他的友人，通知他参加，其实就是拽他出来，让他和大家交流一下。他为朋友的用心感动，用他的话说"我知道人家的好意"，就答应了。可事到临头，他又打怵了。负责落实活动的编辑为难了，和我通话时说，柳沄老师可能来不了了。记得当时我很生气，说不用理他，该订票就订，我来负责。我把电话打到柳沄家，根本没让他说话，一顿斥责他出尔反尔不守信用不识抬举之类。一番轰炸后，他嗫嚅着说："好吧，我会好好去参加活动。"当然，他听不到我放下电话后的笑声。

　　我有幸算作他较为亲近的朋友。有时会接到他打来的电话，说明彼时他确实是想和别人交流一下。作为编辑，他称职而出色，选诗用诗从来都是以诗歌为标准。这点已普遍赢得了大家的赞许。他由衷地欣赏那些优秀的诗人，对那些才华横溢的诗人，对那些刚被发现"写得真好"的人，总是不吝赞美，啧啧赞叹。同时，他对于自己的写作，越来越自觉，越来越严格，总是觉得没有达到内心对自己的要求。作为一个成熟的诗人，他早已经过了需要赞美和肯定的阶段，他知道一首好诗应该具备的品质和元素。他渴望自己的诗更为陡峭丰盈，语言更具有张力，意境更为阔达。他要达到他认定的高度。

写了几十年，诗人柳沄越写越有敬畏之心，越写越小心翼翼。诗歌的这座雪山，给了他信念、目标，也给了他承受磨砺的准备和耐力。

几十年的写作，在柳沄那里，变成了一个自我净化的过程。他把尘土、沙砾，以及他认为是芜杂和多余的东西，都逐渐在写作的过程中过滤和磨削。这种自洁的过程，让他对诗歌写作的技艺有了更为准确的把握，同时，也让他对诗歌高远境界的追求，越发自觉和持久。从他近些年的写作中能看到，他越来越多地使用平实的口语，没有雕饰和附赘，更为朴素和简洁。一个人有了真正的自信，就会更加相信本质的东西，彻底远离一切花里胡哨和云山雾罩。

他在 2014 年《诗刊》上发的组诗《走在山里》，不是他近年来最好的诗，但是却体现了他一直以来对于现实的关注和思索。

越来越平淡的日子

越来越平淡的日子
越来越高大的建筑
它们一座紧挨着一座
同房价一起
争先恐后地耸入云端

除了这样说
我能想到的不比看到的更多
那些高得几乎
同地狱一样深的建筑
无法缩短我们与天堂的距离

相反，太高的地方
太容易让人想到坠落
想到坠落时所划出的弧线
以及随后溅起的
巨大尘埃

在怒江北街，我曾亲眼看见
一位农民工，是怎样
从脚手架上不慎跌落下来
他绝不会想到：把楼盖得越高
自己就摔得越狠

这是有深切疼痛感的诗句，人间的忧伤，现实的塌陷，草民们的痛楚，像一根根火柴，划亮了他的思索。表面上平静的诗人，心中总是奔跑着千军万马。他所能做的，就是把这些奔腾的思绪，把他的思索，用汉字，用诗歌，准确饱满地表达。这样的诗歌，像是一把铁锹，一下一下，向生活深挖进去。

我不是评论家，不能用精准的语言去评析他的诗歌。

我只是作为一个这么多年来关注他的朋友，说出我对他的感受。在诗人群落里，柳沄是安静的。但是他安静的表面下，是把栏杆拍遍，是夜不能寐，是千骑卷平冈的内在激情。他的诗有筋骨和力道。他是一个诗歌修炼者，一个在多年的写作中悟道的人，一个像瀑布那样形式与内容难能分开的人，一个从不被潮流裹挟，"沉默如金，骨中含铁"（来自评论家叶橹）的诗人。

有一年我去沈阳公出，走的时候，柳沄去车站送我。说是去送我，其实也没什么更多的话。站在宽大的沈阳北站，弟弟一样的柳沄，显得清净孤单。车子开动的瞬间，我们挥手告别。他那一瞬间的表情，永远定格在我的记忆里。在最热闹的火车站，与周围的喧嚣无关，与来往的人流无关，诗人柳沄穿着一件朴素的黑色 T 恤，以最安静的姿态，站在最热闹的地方。他轻轻抬起手，像是告别，又像是在呼唤，怅惘之中，又有一种超然。他的心思就像那铁轨，看上去冷静单调，却带着一种藏起来的力量，伸展向尚未可知的、烟雾迷蒙的远方。

亲爱的肖老师

这些年来，常与肖家兄妹还有阿姨一起欢聚。言笑晏晏时，我会在某一个瞬间，突然想起肖老师。一家人都在，就缺他啊！那种怅然和伤感，会一下子涌上心头。肖老师，此刻，我们这谈笑风生的情景，你可知道？

从前，当肖凌尚还年轻时，我真看不出他与父亲有多少相像之处。如今，业已进入中年的肖凌，无论形貌还是神情，都显露了一些和当年肖老师相似的痕迹。尤其是当他开心大笑的时候，有时都会让我愣怔一下。那种率真的样子我是多么熟悉。基因的密码真是神奇，我从肖凌身上，竟能重温当年肖老师的一些风貌。

肖老师，真是想念你。

20世纪80年代，我在一所大学教书。当时的省作协领导，出于对年轻作家的扶持，想把我调到作协去。彼时正在《北方文学》当主编的肖老师，更是热情鼓动我痛下决心。"来！快些来！"当我最终选择去作协，在去当编辑还是专业作家之间尚有犹豫时，我征求过肖老师的意见。他说，写作未必一定当专业作家。他以自己为例，认为当好一个编辑，并不影响写作。反之，像我这样从学校门又到学校门的人，没有什么社会经验，有一份具体踏实的工作，对生活的认知和理解会更宽泛和切实。肖老师笑着说："尤其是你们这些写诗的。"因为那时，肖凌和我们这一帮"写诗的"，正是集体活动比较频繁和热闹的时候。

等我调动完成，到了《北方文学》编辑部以后，肖老师的工作已调整到文联，去当《章回小说》的主编了。记得我当时抱怨他："哪有这样的呀，鼓励我来，我来了，自己倒走了，太不够意思了吧！"肖老师呵呵一笑："山不转水转，文联作协都在一个大院，人在这儿，家也在这儿，能走到哪里去！再说，这样更好，距离产生美感嘛！"

虽说我没有成为肖老师的直接手下，但是和他及一家人的亲切感，却是日益深厚。我和肖老师全家人可说是深有缘分。一家五口人，肖老师和夫人，肖凌、荣荣和丹丹，都和我情投意合。肖凌和我都是写诗的，当时他是势头正好，是我的"战友加兄弟"；他的两个妹妹，荣荣和丹丹，花朵一样的女孩儿，与我一见如故。我不记得自己去过作协前辈谁的家，但是肖家，我常去玩耍，一去就不愿走。山南海北，从写作到生活，四面八方的话题。有时，已经站起身告别了，还会重新坐下，直到再一次告别。

肖家的孩子都长得好看。肖凌那时长发飘飘，身形瘦高，面庞俊朗，正是势头正好的青年诗人。对世事，对诗歌，对音乐，我们有共同的话题。写诗、谈诗，我们又有共同的朋友。我去他家，他和一帮人也常来我家。

荣荣正是从小姑娘变成大美女的阶段，恰值容貌巅峰，一双清澈幽深的大眼睛，披肩长发，纤细的身材，再加上独有的忧郁气质，不知让多少异性为之心动，是人群里格外引人注目的丽人。丹丹最小，像一枚糖果那样甜美，还带着未经世事"少年儿童"的单纯模样，见到我就甜甜地姐姐、姐姐呼唤着，明亮的样子特别招人疼爱。至于肖家阿姨，年轻时的美貌风韵犹存，那种江南女子的温柔真是让人如沐春风。这一家人让人赏心悦目，有时，我常忘了自己到底是肖凌、荣荣、丹丹的朋友，还是肖老师或者阿姨的客人，总之，我和这一家人相处愉快，十分默契。去他家做客，谁在家都一样。我都能获得那种身心轻松的感觉和精神上的愉悦。

肖老师是湖南湘西人，少小参军，二十几岁就出版了小说集。如果不是各种运动和命运的动荡，他的人生可能呈现的是另外的样貌。以他的资历和成就，他原本可以获得更大的名声和荣誉，但肖老师恰恰就是一个真正淡泊名利的人。在他那一代人中，他尽管也吃过苦受过罪，但从未听到他对人生境遇的抱怨或者哀叹。他在自己的生命中，除了写作成就，还有一个非常值得敬重的特质，那就是，他创造了一个静谧安详的港湾，那就是他的家庭。作为家庭这条船上的船长，他让身边的爱人、孩子，都尽可能地避开那些险滩和风浪，在船头和甲板上感受天光月色、两岸风光，体验那种在茫茫人世乘风航行的快乐。这其实是多么重要的一种贡献！

作为文学前辈，肖老师是人群中少有的为人坦荡、有赤子之心的人。他是黑龙江受人尊敬的小说家，又是刊物主编，却从来没有那种好为人师的习气。他有着那辈人少有的生动和清澈，我从未听到他给我讲人生道理，也从未见他向文学青年灌输各种鸡汤，他总是友好而率真地说出自己的一些看法和体会。他和我父亲同龄，可是和他在一起，自然、亲切，没有那种隔代人的差距感，他是那种心理年龄始终年轻的人。

有一次，因为一些编辑理念上的不同，我顶撞了当时的一位领导。我说话直来直去，把领导也气得够呛。去肖老师家时，说起这件事，我还是很懊恼，甚至萌生了不想再干的想法。

肖老师听我说完事情的前因后果，哈哈大笑："就这么一件事吗？"他说起自己从前的一些经历，云淡风轻地点拨了我。肖老师笑着说，如果这样的事情，都能为之懊恼想不干了，那就真得从自己身上找问题，要么脑子不会拐弯，要么就是以前的经历太顺了，没遇到过磕磕碰碰的事情。他认可我的理念，同时认为我的方式方法过于直接。他笑着说："你让一块小石子绊了一下，应该抬脚迈过去就是了，犯不上连鞋都不要了。"他端过来一杯水，说："你信不信，把这杯水喝完，气就消了。"肖老师的一番开导，果然让我心平气和了，我还来了自我批评精神，觉得自己确实只顾一时痛快，说了冲撞别人的话，不对。肖老师笑着说："没事，这才是一个诗人。你要不是这样，反倒不是你了。再说，不用介意这些！年轻人，就是要做你自己！"记得我从肖老师家出去时，心情轻松，路过冷饮店，坐下来高高兴兴吃了一份自己喜欢的冰激凌。

要做你自己。一句平常的话，又有多少人真正身体力行呢，尤其是长辈对于晚辈，这种期许里，包含了对生命价值的认知和对人性的尊重。肖老师这样鼓励我，他对自己的三个孩子，更是如此。作为父亲，他对自己的孩子喜爱、理解、信任，尊重他们的爱好和选择，很少有那代人习惯的对于子女的"谆谆教诲"。他看着孩子们的时候，眼神里充满了爱意。他通达大度，深信即便是父母，也不该指手画脚。每个人都有对自己道路的选择权。在他的家，没有任何压抑的气息，孩子们在宽松和谐的氛围里长大，天性受到了保护。肖家的三个孩子都有良好的艺术素质，没有那种追名逐利的世俗气息，长大成人，都保持了本质上的真挚和纯净。这些，都因为他们幸运地拥有了肖老师和他夫人创造的家庭，作为产品，他们有幸来自优质的厂家。

回想起肖老师，都是一些琐屑温暖的瞬间。他的笑容，他的真诚，他对文学的热爱，他对人的宽厚友好，那种经历了世事沧桑却依然真诚纯粹的气息。

肖老师生病后，我们这些和他交往较多的青年作家和编辑都很难过。那么生动的人，一下子衰弱了。大家都喜欢肖老师，心疼他遭这些罪。有一次，我去看他，对他说："肖老师，你得快好起来！你的孩子们都这么好，大家都喜欢你，你得陪着我们啊！"肖老师说："我知道，我会好的，放心吧，没事！"

可是，亲爱的肖老师，他还是离开了我们。

肖老师走的时候，还不到七十岁。知道他辞世时，我半天说不出话来，眼泪忍不住。难以接受但无能为力。太难过了！这是真正的永别了。作为家中的男孩，肖凌一下子长大了。他得忍住悲伤，冷静地处理后事。而荣荣和丹丹，两个姑娘在肖老师离世前后面容憔悴心如刀绞的样子，真是让人心疼！我都不知怎么安慰她们。肖老师带走了快乐的时光。他的过早离去，让家人，包括我们这些喜欢他爱戴他的后辈，受到了一种被钝器打击的伤痛。肖老师走后，那个家萦绕着一种悲伤的气息，渐渐地，三个孩子也逐渐分别生活在天南地北。时过境迁，昔日盛满了温情的肖家，最后也更换了房主。每当我从文联大院经过，都忍不住向里面张望。肖老师站在自家门口迎送我们，那笑意盈盈的样子，永远留在我的记忆里了。

这些年，每年都会和肖家人团聚。大家都齐齐整整，就是缺了亲爱的肖老师。可我总有一种感觉，有时觉得肖老师好像就在我们中间。我们看不见他，但是，他有可能以另一种形式在看着我们。那种来自他的温暖和爱意，他身上独有的感染力，就在无形之中，氤氲着，弥漫着，悄然陪伴着我们。

时光荏苒，我们自己都开始进入六十岁的门槛了，肖凌和当年的新娘彤彤，儿子都已经长大成人了。荣荣和丹丹，在滚滚红尘里，也都经历了人世沧桑。我们一起慨叹，在人世间逗留，大家都慢慢变老了。而留在我们印象里的肖老师，还是当年的样子。这些年，我们又经历了太多的事情，如今，疫情影响了全世界，无论是出行还是居家生活，都受到了一定的局限。我们每个人，从形到神，都有了不同程度的变化。可肖老师，你还是那个样子。我只要想起你来，就能看到一张亲切清净的面容，你带着南方口音的普通话，你笑起来开心真诚的样子，你说起一部作品、一个人，那独到的见解……

肖老师，在你爱过的这个世界上，你的伴侣、孩子、学生，你的朋友们，都还在你没有过完的时光和岁月里。在我们的心里，你只是暂时走远了，一个短暂的告别，却从来没有缺失。我们从心里热爱敬重的人，将与我们的生命同在，这一点，毫无疑问。

亲爱的肖老师。

看，月亮多美

2019 年 8 月下旬的某天，我和妹妹一起，像往常一样，合力给瘫痪在床的爸爸洗头，擦背，换上清爽干净的衣衫，扶他坐起在床上。为了让他高兴，我还讲了一个小笑话。保姆煮好了水果，正在另一间房子里照顾妈妈。爸爸望着窗外，与他往常一样，不多说话，陷入了长久的沉默。

那天晚上保姆休假，我就住在爸爸家。我的房间正对着爸爸的房间，道过晚安，我要回自己的房里，爸爸忽然用手拽住了我。我以为他要喝水，就去拿水杯，爸爸摇摇头，小声轻轻地说："想和你说点儿事。"

我记得当时看到他郑重的表情，还开了个玩笑："爸，你别那么严肃。"

我爸望着我，一字一句地说："是严肃的事，我的后事。"

突如其来的话让我意外，我连忙打岔，说："你现在应该好好睡觉，还没有到交代后事的时候。你就是不能下地走路，心肺功能比从前弱了，但身体没有大碍啊。还没到留遗嘱的时候呢。再说，快到中秋节了，你不是最爱过中秋吗，今年咱们好好过！真要交代后事，也等过节后再说。"我想让话题轻松下来。

平素一向克制的爸爸摇摇头："我挺不到那天了，我快到日子了。我知道……"

我的心一揪，坐在他身边，故作轻松地说："你想说就说，就当聊天吧。"

那个夜晚，月光明亮，洒满月色的房间迷离朦胧，窗外树影婆娑，这城市高楼里的一隅，忽然有了林中一角的感觉。不知为什么，我感觉到一种难言的悲情，正在悄然弥漫。

爸爸神情郑重，声音很轻地说："我这一辈子，很知足。我有你们这样的孩子，很幸福。

"我微不足道，没有给社会做什么贡献，人死如灯灭，所以，后事不要给任何人添麻烦。谁也不告诉，为人处世，得有尺寸。"

他歇了一会儿，用手指了指妈妈的房间，瞬间哽咽："要好好照顾妈妈。放不下……"

我开始难过，想伸手去拿一支笔，一字不落地记下爸爸的话。

他看明白了我的意思，说："不用笔，你记住就行。

"别戴孝，我不介意，这些都不重要。再说，你们一戴孝，你妈妈就会察觉到了。别让她知道。"说到这儿，爸已是老泪纵横。

"别忘了，我死后，今年不要给别人拜年。这是老礼，时代再变，礼数得遵循。

"还有，我存了点儿好酒，你们分着喝了吧。"

就这样，平时寡言少语的爸爸，郑重地，想到哪儿说到哪儿，断断续续地完成了他的遗嘱。

我难过得心口紧揪，特别想放声大哭。可不知是不会还是不能，只是无声地流泪，一句话说不出来。我握着爸的手，一直低着头。父女俩在安详的月色里经历无声的告别，那种痛楚，难以形容。

最后，我让自己平静下来，郑重地告诉爸爸，请他放心，嘱托我都记住了。而终于说出心里话的爸爸，望着我，竟然释然地微笑了一下。他想分散我的悲伤，指着窗外夜空上的月亮说："看，月亮多美!"

我们父女两人，同时向着窗外明月凝望。

那个夜晚，永远地镌刻在我的记忆里了。

爸爸果然没有等到那年中秋。

8月31日晚上，他走了。殡仪馆的人来接遗体，他们说："老人家这么安详，这么干净，一看就没遭过罪啊!"

他们不知道，爸爸这一生，他吞咽下的苦楚，形貌上是看不出来的。

父亲小时候，家境尚好，衣食无忧。骑车游泳划船滑冰，老哈尔滨男孩子喜欢的那一套，他样样精通。我的少年时代，他还是一个有趣的人。他长得眉眼深邃，我的小学同学还问过我："你爸是阿尔巴尼亚人吗?"（那时候孩子对外国人的概念。）他有几个同学，都是和他差不多的人，他们从小结伴玩耍，长大后，也都是工作体面、活得很舒展的人。成家后，这些人依然经常去游泳划船，打球野营，不过是增添了各自的伴侣。我看过他们留下的一些照片，衣着得体，心神活泼，真是养眼的一群人！我的小伙伴那时都很羡慕我——父母那么热爱生活，充满活力，愿意领着孩子玩儿！父母经常带着我们去太阳岛野炊，去公园游玩，去听歌剧看话剧。爱美的母亲总是把我们打扮得仪表出众，我和妹妹还硬被她领去理发店烫了一头卷发（我长大后比较朴素，都是因为逆反心理）。我十岁以后（1956年出生），情形大变，幸亏"反动房产主"的祖父已经去世，而且他早在解放初期，就心甘情愿地把房产向国家无条件上缴。即便如此，"出身不好"的父母仍旧经历了抄家、靠边站、种种心惊胆战。爸爸的朋友们也先后受到不同程度的冲击，有的还以决绝的方式离开了人世。年幼的我们，尚无法知晓大人们经历的创痛，反正就觉得，再没有以前那么欢乐的日子了。作为被时代抛弃的人，生活的磨削，进入不了主流生活的各种尴尬，让曾经蓬勃生动的父母，开始谨小慎微，他们循规蹈矩，心灰意冷，只求平安度日了。

父亲老了以后，更为刻板少言。他交际寡淡，偶然看到他拿起电话眼里闪烁出光彩，电话那头必是当年某位伙伴。他们的友谊保持了终生。就连挑剔的我妈，说起那些叔伯，也慨叹那几位是真正的绅士。如今，绅士们大多成为故人了。

只要是坐着，我爸总是身姿笔直，看电视也是如此。

他所看的电视只有两个内容，一个是中央台的《海峡两岸》，一个是拳击节目。一个瘫痪在床的老头儿，足不出户，为啥只关心这两样？家中保姆试图破解，绕着弯儿想和爸好好聊聊，爸爸的回答永远就是两个字："喜欢。"

其实我知道，他内心深处，还是那个充满激情，游泳打球，划船到下游再扛着船回来，半夜三更和伙伴们谈笑风生，骑着自行车在大街小巷穿越的少年。他的气力和能量，积压甚久，无从发散。对于久困在床的父亲，那拳击节目，拳手的速度和力量，飓风一般的激情，可能会让他有某种解脱之感，能唤起他的一些记忆，给他带来一种豁然释放的通畅。至于关注台湾，那是家族秘密，也是他多年的心结。他的大姐，我从未见过的姑姑，据说多才多艺，能双手写字，日语流利。可命运多舛，她在伪满时期是职员，婆家条件优渥。新中国成立前夕，姑姑的婆家人都先后去了美国、中国台湾，唯有笃信新政权的姑父执意留下，从此背负一生未能甩掉的复杂的"社会关系"。姑姑当年，在未留下只言片语的情况下，突然神秘失踪。生不见人，死不见尸。她唯一的孩子从此失去了母亲。有人言传她去了台湾。家里人没有她任何音讯。两岸关系冰冻时期，这是一个让人小心翼翼的话题，不敢触碰，也不敢四处打听。亲人都期望她是活着的，无论在哪里。两岸关系正常以后，依然杳无音信。不知父亲自己是否意识到，他常年习惯地关注台湾，其实也是一种情不自禁。我见过姑姑的照片，就像电影明星。爸爸晚年，格外想念他下落不明的姐姐。留在少年父亲印象里的姐姐，形象没有随着岁月变得斑驳模糊，反倒在经久的追忆中越来越清晰丰满。爸爸老了，风烛残年，姑姑却韶华永在。她的大方和仗义，她的才华和倔强，她出众的仪容，她独具魅力的风情。

　　而我妈，则像我一首诗里写的那样——

　　　　我的母亲，是一个比较特殊的女人
　　　　她兴趣广泛，有时我觉得不切实际
　　　　她关注远水，永远高于近渴
　　　　她感兴趣的一些事情，我一般是
　　　　刚听了一句，就嘲弄或者抵制
　　　　我那时常说：你又不在联合国工作

　　　　她长眠以后，我居然这么想她
　　　　包括怀念那些被我讥讽数遍的生活细节
　　　　她认真地记天气预报，很少疏漏
　　　　数年如一日，关心全球冷暖
　　　　哪里地震，哪里海啸，她一一牵挂
　　　　远离大海，身居北国
　　　　她能记住历年登陆台风的名称

　　作为当年的浪漫少女，妈妈年轻秀美，她放弃了很多诱惑，和爸爸恋爱、结婚，曾经有过特别开心的岁月。

我看过她年轻时候的一些照片，她纤细轻盈，穿着漂亮的布拉吉，戴着时髦的帽子或围巾，和爸爸一起在松花江上划船，游泳，和伙伴们在草地上野炊，打羽毛球，她定格在老照片上的笑容那么灿烂。

随着庸碌岁月的一地鸡毛，日渐颓唐的父亲，让妈妈越来越失望。生活的真实面貌和想象中的境界产生了巨大的落差。她心有不甘，也最终黯然认命。于是，她开始不屑家长里短，倒是开发了自己的诸多兴趣和潜能，每个时期都有不同的兴奋点，而且，一直对远在天边的事情特别上心。到了晚年，她患上了阿尔兹海默症，更是理直气壮地云山雾罩，越发活在自己的世界里了。直到妈妈去世后，整理她的遗物，看到她随手记下的只言片语，她保存的一些物件，包括当年她亲手剪碎的几件旗袍的残片。（再不能穿那些漂亮衣服的年月，让她曾经多么难过。）我才渐渐明白，妈妈的内心深处，深埋着那么多失落和惆怅，她关心那些不靠谱的事物，其实是一种曲线释放，她是靠这些四面八方的事情，填补时光，消解内心深处的哀愁。

这样的一对父母，带着他们各自的宿命，彼此各有失望，同时也算是相濡以沫地走过了一生。晚年，他们先后摔倒，在同一家医院做了同样的髋关节手术。老爸是三年前做的，术后恢复得不好。他小心翼翼，不敢勇于康复训练，渐渐地，再不能走路，在床上躺了三年了。老两口各居一间卧房，有保姆照顾。妈妈在每天早晨来到爸爸房间问候，就是她患有认知障碍，也从未间断过这种习惯。只是，她不大像那种嘘寒问暖的老伴，倒更像是个查房医生。有时，还要很虚荣地整几句医疗术语。当医生的妹妹最看不惯她这一套，但是，讽刺和打击，于我妈都没有用，不耽误她执拗的心理素质。她是被我爸惯了一生的人，忍不住就会流露一种居高临下的骄矜。而爸爸，明显爱妈妈更多些，好像看不出这些毛病，不知是由衷的，还是出于策略（怕惹了老伴，她就不再过来），总是一往情深地望着老太太，他知道妈妈爱听什么，说话费劲时也要努力吐出"老了，也还是漂亮"这样的赞美，有时，简直就是近乎谄媚。

到了 2019 年 8 月中旬，妈妈手术后回到家中，越发糊涂了，也不能如从前那般每天自主下床，就不再能去巡视她的大臣兼老伴了。

爸爸走后，我谨记嘱托，家事勿扰他人。除了家人，葬礼谁也没有通知，包括最好的朋友。

我甚至不能大哭一场。作为儿女，我们得尽量抹平悲伤的痕迹，在妈妈面前做出风平浪静的样子。在爸爸的房间，我和妹妹一边收拾爸爸的遗物，一边相对流泪，而妈妈一声呼唤，我们立刻就换成若无其事的样子到她身边。

料理好爸爸的后事，中秋将近了。我有些发愁，我们家年年过中秋，今年这个团圆的节日，妈妈又刚手术后不久，怎么和她说起呢？还是妹妹聪明，她故意在妈妈面前轻描淡写地说，爸爸住院了，这回不能在家过中秋了。我们到时候去看他。妈妈轻轻一笑，没有再说什么，也没多问一句。

9月10日，是教师节。我收到好几束鲜花，我将其中最漂亮的一束拿到妈妈家。作为一生爱美的女人，妈妈最喜欢鲜花了。我告诉她，这是别人送我的，转送给她。一会儿糊涂一会儿明白的妈妈突然说："教师节到了，那中秋节就快了！"

我夸她记忆力好，说三天后就是中秋了。妈妈突然若有所思地说："你爸最喜欢川酥月饼了。"

我愣怔一下，随即计上心头地接过话说："妈，你放心。给我爸的月饼买了，老鼎丰川酥的，到时候就给他送医院去，你放心啊！"

妈妈又是那样，轻轻一笑，再不言语。

9月12日，妈妈突然神志不清，呈衰竭状态，我们拨打了120，用救护车把妈妈送进医院。

9月13日，中秋节。妈妈进入重症监护室。

这是一个永生难忘、根本顾不上抬头看一眼月亮的中秋节。那一天，自爸爸去世后积压在心底的悲伤，妈妈住院前后的各种心忙意乱，疲惫、痛苦、担忧、绝望，让我在黑龙江省医院的走廊里，摇摇晃晃，眼前一黑，昏倒了。

9月15日，中秋节过去两天后，我的日记如下——

今天，小护士好奇地问我，你妈妈原来是

做什么的？我回答，就是一般职员。小护士对我说，老太太昏迷时，有时喃喃自语，仔细听，一句没懂。老太太居然说的都是日语。有时还哼唱几句，也是日语歌。我告诉她，我妈妈小时候读书时，这里尚是满洲国。那时候的校歌、校训都是日语。她清醒的时候，一句都不说，因为，对她来说，那是亡国奴的岁月，是带着屈辱的记忆。

9 月 16 日日记——

今天，出了重症监护室的妈妈让我们松了一口气。

她不知道自己是老年痴呆症患者，依然想一出是一出。今天下午，她神神秘秘指着邻床小声对我说："她家可困难了，你多拿点儿钱给她，但是你不能说，别让人知道！"我一本正经地点头承诺，她放心了。

晚上，她又糊涂了。睡梦中反复高喊："消灭李承晚的部队！"声音很大，惊动了护士。护士姑娘再一次陷入困惑，问我："李承晚是谁？歌星？"我说："李承晚是韩国原来的总统，抗美援朝时，属于敌人。我妈那时正是爱国青年，这肯定是当年的口号。"护士听完解释，忍不住直笑。

9 月 28 日，妈妈去世了。

我的父亲母亲，在不到一个月的时间内相继离世。许多年前，那一对在哈尔滨松花江上划一条舢板的年轻情侣，在奔赴黄泉的路上，又一次紧紧相随。尽管一连串的打击，已经让我自以为有了足够的心理准备，可事到临头，依然是悲伤入骨，难以承受。我觉得自己脑子好像都不好使了。一个月内，骨肉分离，天大的事情接连发生。放在谁身上，能安然接受呢？

从前，我对殡葬文化里那些繁文缛节特别不以为然，我觉得那就是一些煞有介事的陈规陋习。可是，当父母成为逝者，这些"繁文缛节"，对于一个跌入悲伤深渊的人，居然变成了一双温暖的手，有了一种切实的扶持作用。那些琐碎的事情，需要全神贯注，需要时间和精力，是对死亡这件事情的具体触摸和抚平，无形之中竟成了我的一种依傍和指望。我按照规矩礼仪一一照做，不肯疏漏，不肯有任何闪失。逝者为尊的各种"说道"和细节，原来也是含有丰富的内涵和对生者的体恤。如此熨帖周到的"陈规陋习"，环环相连，竟像一味药一个疗程一样，舒缓地释放镇静平稳的气息，让我在烦琐的忙碌中，获得了一种安抚和宽慰。

爸妈都没了。

站在他们留下的空空荡荡的房间里，我觉得一下子沉入了一种巨大的虚空中。他们的家具、衣裳，他们手指每天接触的器皿——一切都在。他们的气息还萦绕在这些房间中，可我却再也看不到他们了！他们变成了骨灰和遗像。音容笑貌，皆成往事。我躺在妈妈的床上，泪水不由自主地就肆意流淌。枕着她的枕头，盖着她的被子，我想梦见她。无论爸还是妈，让我梦见谁都行啊。可是，一夜一夜，难能入睡，总是睁眼到天亮。吃了安眠药，加量再吃，就是睡着了，也不曾梦见他们。

家里桌子上，还有尚未开封的月饼，那是朋友送的中秋节礼物。象征着团圆寓意的月饼，此刻越发添了酸楚和伤心。我拆开那些漂亮的包装，把精致的月饼一块块拿出来，让它们默然成为父母遗像前的祭品。遗像、月饼、黄菊花、白菊花，月色里空荡荡的房间，萧索，悲凉。我的2019年，就这样，让我成了恓恓惶惶的断肠人。

三年过去了，逝者如斯。我已经从那种什么心思都没有的状态中逐渐恢复，已能平静地仰望中秋圆月了。

去年的中秋节，我买来川酥月饼，泡上一杯清茶，在心里安静而庄重地完成一次祭奠。仰望，对于我，就是一次无声的会晤，是阴阳之间的链接，是我与父母精神的交流。爸、妈，又是中秋了，看，月亮多美！

仰望中秋明月，我的心皎洁悠远。无论是活色生香的市井，还是寂静的墓园，此刻，都在万缕清辉中。我再见不到父母了，还有一些逝去的亲友。但他们都是常驻我心上的人，见与不见，都与我的生命同在。

还有那些不相识的，却在精神上哺育过我，曾给予我巨大能量的卓越的、美好的人。我成为今天的我，与这个世界曾有过他们，息息相关。他们如今都是逝者，可是，我在他们的文字里、成就中，认识了他们。他们给这个世界留下过珍宝。这里，仍然是他们逗留过、眷恋过、书写过、刻画过的人间。那些杰出的、不朽的、亲爱的人，他们活着的时候，都曾像我此刻一样，有过仰望夜空、遥思万里的时刻。而当他们离去，自己则变成了照耀千秋的星光和月色。

有生则有死，自然的定律无人能违背。活着，而后离开。生生不息，循环往复。那万古不语的老月亮下，我依然能领受到那种神圣温暖的护佑之感。那些远去的背影，我们爱的人，曾经让我们遭遇了缺失，但同时，痛楚也赋予生活别样的伤怀之美，一种深邃感，让我们更懂得了感恩和惜福，并由此更为尊重珍惜宝贵美好的事物。怅惘与追忆，思索和探寻，会在世上各个角落氤氲，弥漫着一种深沉的气韵，丰富、雕刻着我们的灵魂。对于我，双亲的离去，体味巨大悲痛的同时，对于生命，包括对于我此刻的生活和写作，也都同时增添了新的悟性和触动。

月有阴晴圆缺，人有悲欢离合，此事古难全。这是大文豪苏东坡悠长的感喟，也是他放达旷远的宇宙观。耳熟能详的诗句，须有个人亲身经历，方能更为痛彻地体味。大诗人之"大"，就在于此。仅有一次的生命中，生而为人，能有一个和心灵相关的节日；能吟诵有关中秋之月的千古诗章；能在每年这一天久久地仰望邈远之月，接受那恩泽般的照耀，让心事荡漾，这是多么美妙的事情！

中秋节，风雅端庄的节日，它内涵深邃，来自岁月的上游，和许多动人的传说习俗相连。这节日其实已经是一种关照精神的仪式，从祖先那里遗留下来，经过我们，又再传承下去。这个世代流传、不断丰富绵延的过程，蕴含了一种混沌深厚、让人神思万里又清净通透的提升之力。祭拜和团圆、恩慈和养育、祈望和期待、仁爱与美——就在这轮皎洁的月亮之下，在这让人百感交集的红尘之中。

这个世界，物转星移，古老而常新。无论你是大殿上的君王，还是陋巷里的一个鞋匠，那种属于每个人的心事，那岁月更迭里的喜怒哀乐，都会随着月色起伏而逶迤，弥散着柔和的光辉，荡漾起纷纭而迷人的气息。

爸爸，你说得对。看，月亮多美！

曲靖三记

　　我记得曾在前年的一个访谈里，说到过云南对于我的吸引。"大西南，是我心仪之地。那里的高山峻岭与河流，有一种吸引我的神秘和深邃。我书写这些地方时，好像总能获得一种特殊的能量。"我也说不清楚，到底缘于什么样的原因，云南在我心里的版图上，占有特殊的位置，距离我居住的哈尔滨，有万里之遥，但是，我总是愿意尽可能地多去云南。而每次回来，心怀里都会弥漫着一种类似于乡愁那样的惆怅。

　　2016 年春天，我又一次奔赴了云南。这次的曲靖行走，感觉尤为强烈。回来后，我常常会翻开云南之行的小记事本，看着那上面的地名——罗平、师宗、陆良、沾益、会泽——看着那上面的一些零星感受，看着我随手记下的菌子山、凤凰谷、大海草山、娜姑镇白雾村——真是像极了旅游卫视那句著名的广告词："身未动，心已远。"我坐在自家的小书房里，向窗外望去，那是一座遮挡视线、让人相当厌烦的大楼，可此刻，我硬是让目光穿过这座楼，再一次飞回曲靖的山水之中。

忆 罗 平

今年三月，难忘的曲靖之行，是从罗平开始的。

未去之前，尽管已经在电视、网络、摄影杂志上，领略过那天下驰名的油菜花，知道了罗平作为全国三十一个油菜籽生产基地县之一，已经享有"滇东油库"之美誉，可是，当我们一行人真的面对这声势浩大的金色之春，亲眼看见漫山遍野的油菜花高低起伏，通灵一般在风中摇曳的身姿，仍然有种倒吸一口气的震撼！天哪！我的天哪！

这是花朵的千军万马，这是娇美俏丽组成的博大和壮阔，这是柔弱汇集起来的洒脱和豪放。放眼望去，整个罗平的山野、村舍、道路、河流，无不与油菜花海交相辉映。三月的罗平，披着金黄色的大斗篷，让人心醉神迷。

一群已经不再年轻的作家，迅速地被眼前油菜花的壮美感染。大家就像是同时回到了七岁，大呼小叫，来回奔跑。没办法，我们见到了春天的大世面！看了这边又想看那边，眼睛不够用了！"真美啊！"平时以文字为生的我们，此刻却找不出更多话语来表达赞叹。真美！眼前的美，是大自然对罗平人的厚爱，也是罗平人对自己家乡尽力用心的大手笔。

真美！这是我们由衷而发的赞叹，也是我们对生活的向往和追求。一切相得益彰。美是有力量的。它会让人目光纯净，会让人荡涤尘埃。美好的事物，美好的场景，容易激发起人的崇高感和洁净感，对人有一种提升。在这样的地方，大家迅速地褪去了平日里所谓的持重和矜持，变成了笑容单纯的孩子。一群人在花海之中，尽情地展露天性。油菜花沉默无语，却像一群披着金色衣衫的老师，无声地讲解着美对人生的意义。是啊，在油菜花前凝神的你，想起了什么？是逝去的年华？是从前的爱情？蓝天白云下，我们暂别了生活中的一些琐碎和烦恼，欣赏着大自然的杰作，感受着春天的浓情蜜意。这美好的、带着大西南独有韵味的罗平之春，让人沉浸在向善向美的情愫中，情不自禁地在嘴角浮起微笑，想让自己的生活能跟这份山水相称起来。是啊，人该越变越好，像眼前这花海一样漂亮。生命只有一次，要在这世上做一个与美好事物相衬的人。

　　罗平生态环境保护得很好，应该算是广袤国土上的一块璞玉。这里有独特的地貌奇观，有蜿蜒前行的多依河，有腰肢袅娜、亭亭如盖的树木，有风情独具的布依族村寨。淳厚素朴的风情，唱着古老歌谣的水车，图案清新的蜡染布，凝聚着民间智慧的工艺品，这里有太多值得记忆的事物。而最令我难忘的，还是这印象强烈的油菜花。它们在阳光下、月色里、薄雾中，尽情地展示所能达到的极致之美。以至于，让我在离开云南之后，只要想到罗平，鼻子就仿佛嗅到一种清香，就看到了两个用成千上万朵油菜花组成的大字，茸茸的、金黄色的——罗平。

杜鹃的个性

到师宗县了，我们要去看菌子山。

我是杜鹃花爱好者。关于杜鹃，虽然只知道皮毛，却一直喜欢。少年时代，先是被杜鹃花的传说打动。祖母告诉我，在遥远的古代，山林里有一种名叫杜鹃的鸟。这鸟满腹心事，它日夜哀鸣，滴滴咯血染红了山上的花朵，杜鹃花因而得名。这个带着悲凉味道的传说，打动了少年时代的我。从此，我便钟情于这因为伤心而漂亮的花朵。我在很多地方，专程去看望过各种各样的杜鹃花。一位喜欢摄影的朋友，还专门把他在大兴安岭达尔滨湖拍摄的杜鹃送给我，很长一段时间，壮观的北国杜鹃就在我办公室的墙上怒放。

我的家乡黑龙江，大小兴安岭，包括一些无名的山坡，都有野生杜鹃。每年春天，草木还没有从冬眠中苏醒。勇敢的杜鹃花，就迫不及待了。在北方，我们称呼它们为达子香。它们是最有个性的花朵，像偏爱高难动作的运动员一样，很多花就生长在悬崖峭壁上。初春时分，叶子还没绿，淡紫色的花朵，已经忍不住开放了。它们多数长在山谷上，一丛丛，一片片，顶着料峭的寒风，在冰雪尚未消融的早春，清清嗓子，唱出了第一首春天的赞歌。林区的朋友知道我喜欢达子香，有时来哈尔滨办事，会顺便给我带来一束。朋友常常是拿旧报纸一卷，把这"皮实"的花带给我。这些看上去不起眼，干干巴巴的达子香，插在清水里一两天，纤细的、暗褐色的枝条很快就舒展开来，它们先开出紫色的花朵，而后再不慌不忙地长出绿叶，那份清新和秀丽，给我朴素的家带来山野的盎然之气。

这回，要看到云南的杜鹃了！云南杜鹃花世界闻名，堪称一流，菌子山又是云南最大的杜鹃花自然群落，这里的万顷杜鹃艳惊天下，说是国宝级别也不为过。想到自己能在云南在师宗看到心仪很久的杜鹃，怎么能不兴奋呢！

但是，就像小时候听老人讲故事一样，一到褙节上，话锋一转，心就提了上来。"但是"，这个词又一次显示了它不容分说的威力。当我们终于行进在菌子山上时，"但是"出现了。眼见为实，除了向阳的暖坡上，偶有几枝漂亮的杜鹃先行盛开，大多数的杜鹃还正处在含苞未放的状态。

因为今年天气的原因，因为春寒，因为——不管因为什么，反正，杜鹃没开。我们是按照惯常的花期来的，可人家杜鹃花不是。人算不如天算，我们来早了。

看来万事万物，没有一成不变的。你看，今年，春天不过是慢了几步，花期就顺势延后了。大自然的秘密和奥妙，漫山遍野的花草树木知道，杜鹃花知道。而我们，不像它们知道得那么确切。满山的杜鹃不用和谁说：很抱歉，今年开得晚了。它们就是这山谷的居民，是菌子山众多植物里的一群漂亮姑娘。对于阳光、月华、雨水、风声，它们有自己的感应系统和理解能力。这是它们的家园，它们的地盘，它们生命的栖息地。各种树木花草、枝头的鸟儿、盘旋的飞蝶、无处不在的昆虫和树下的蚂蚁，是杜鹃家族的远房亲戚或各路友人。它们看上去有点儿任性，其实是深谙时令的规矩。它们心中有谱，知道用怎样的形式，向孕育自己的一切表达感恩和赞美。春天的帷幕正徐徐启动，杜鹃们抑制住内心的激动，正在后台精心准备。华丽而盛大的演出正在筹划之中，一年一度的怒放大典，即将启动。

菌子山中，杜鹃花满树开放的壮观虽然没有见到，可这大山中幽静的景色，处处动人。古木，奇石，一步一景。到处是我不认识的花草树木，到处是让人眼前一亮的惊喜。那嶙峋伟岸的山崖，让惯于联想的我们，心游八荒。师宗当地的朋友，像说起自家事情一样，娓娓介绍着这里的风土人情。从树的习性到花草的名字，从山林的往事到未来的筹划，哪些植物是药材，哪座庙宇有故事。这些土生土长的师宗人，早已与这菌子山融为一体。我素来敬重热爱家乡的人。山风浩荡，心情舒畅，身边走着对家乡有拳拳之心的人，纵使是没见到杜鹃开放，我依旧已经从这行走的经历中，获得了巨大的身心满足。

我甚至觉得，这也是一种点拨。看望杜鹃的过程，有一些意料之外的收获。在大自然的法则面前，人类最恰当体面的表现，就是首先要尊重和理解。期盼和愿望，那是一厢情愿的事情。开放，是花朵们的宿命，是隆重庄严的事情，是水到渠成，是万事俱备。杜鹃不仅美丽，而且严肃守序，不懂弄虚作假，郑重地经历轮回。该开放时，即便是在北国凛冽的风霜里，它也傲雪开放；而时机未到，任你是谁，任你焦急盼望，任你遍山寻觅，杜鹃花就是这样有个性，对不起，没到时候呢！

我想象着，再过几天，一场春雨过后，满山的杜鹃将在春光里怒放。它们姹紫嫣红，灿若云霞；它们要以百媚千娇的丰饶之美，来回报天上的阳光和地上的养分；它们会以自己的风姿和馨香，给大山带来姿色，给更多的人带来惊喜和欢欣。杜鹃之美，会给菌子山带来最惊艳的春光，会抚慰无数的目光和心灵。想到这儿，心里升起的是一种深深的欣慰和满足。

菌子山，谢谢你让我又知晓了一些道理。告别之时，我回头凝望，也暗自悄然地在这里留下了一个念想：你有个性，我也执拗，亲爱的杜鹃花，我们说好了，再见！

大海草山

2016年，我经历过最舒畅的一次采访——是三月，在会泽大海草山。

当年轻的记者举起麦克风问我在大海草山的感觉时，竟有一种梦幻般的不真实感。彼时，湛蓝的天空上白云正在飘动；我的身后，群山起伏，羊群在悠闲地吃草；而距我几米的前方，几个同伴正蹲在牧人的小炉子旁，蘸着辣子和盐，吃着香喷喷的烤土豆。在一派静谧和单纯里，在大地的经卷之中，我还能有什么感觉呢！我这一生，能有多少这样安静美好的时光？这大海草山珍贵的瞬间，永恒地定格在我的回忆之中了。

大海草山，其实就是像大海一样浩瀚的高山草甸。山峦在此蜿蜒起伏，草场广阔无垠，空气里有远离尘埃的澄明和清洌。这里，没有装腔作势的任何建筑，没有那种一看就假的凉亭，没有喧闹的游客中心，没有现编的什么仙女的传说，没有任何让你想到"景点"一词的地方。这里除了山和草，莽莽苍苍，几乎什么也没有。

在中国，可能已经没有多少地方，像这里一样充满了生命那种原始的气息。四顾苍茫，让人想到陈子昂"前不见古人，后不见来者。念天地之悠悠，独怆然而涕下"的千古诗句。这是那种让你想到祖先开天辟地的地方。群山之上，一种敬畏之感油然升起。这里的那种空，那种苍茫辽远，就像是让人一脚迈进了另一个世界——那是我们平素生活的背面，是通常我们渴望前去的那个"远方"。那种大空旷、大静谧、古老神秘的气息，像有一种巨大的能量场，一下子，罩住了我们。

在罗平金黄的油菜花面前，在菌子山千回百转的石板路上，都容易浮想联翩——

而此刻，当我坐在大海草山的草地上，望着连绵如海浪的群山，望着比远方还远的地方，脑子居然进入了一种清空的状态，好像什么都不再想了。人，一点点变空了，这种什么都不想的感觉太奇妙了。我觉得自己的身躯正在缩小，逐渐松弛得像一个旧布袋子，就在这大海草山的草地上，软塌塌地、慢慢地感受着大自然的空气、阳光和风。

我的那些作家朋友，也是这样，他们站着或者坐着，好像都进入了一种失语状态。谁和谁也没交谈。是啊，还有什么可说的呢！大家各怀着自己的心事，望着各自的远方，遥望或是冥想。

　　春天的大海草山，海拔很高，风还很凉，牧羊人裹着一件黑色的棉衣，静静地坐在草地上，对我们这群外来者，淡然相对，没有表示出任何好奇。这里，除了山，就是草，谈不上有什么独特的风景。可这也许正是它最为动人的地方。水千条山万座走过之后，这空旷古朴苍茫的地方，更容易让人进入一种内化的过程，情不自禁地，和自己的心灵对话。当你在一个如此辽阔的背景下，骤然发现并走进自己内心的那条羊肠小路时，那种感觉，真是语言难以形容出来的安稳和踏实。

　　我们就那样，坐了很久。

　　还是当地的朋友，让我心思放空之后，再一次被激动填满，那是我听到了关于这里真实的故事。

　　二战期间，为保证战争物资的运送，美国陈纳德将军的"飞虎队"在开辟了著名的"驼峰航线"后，又开辟了昆明—会泽—重庆这一国内唯一主航线。战事紧张，狼烟四起。飞虎队临危受命，为的是把急需的军用物资送到重庆大后方，为的是遏制野蛮的侵略。驼峰航线险象环生，陡峭山峰的海拔高度接近当时飞机爬升的高度限制，而且沿途的山脉神秘莫测，经常云遮雾罩，所以飞行相当危险。据战后美国官方的数据：美国空军在"驼峰航线"上一共损失飞机四百六十八架，平均每月达十三架；牺牲和失踪飞行员和机组人员共计一千五百七十九人。"在天气晴朗时，我们完全可以沿着战友坠机碎片的反光飞行，我们给这条撒满战友飞机残骸的山谷取了个金属般冰冷的名字——'铝谷'。"这是美国《时代》周刊对"驼峰航线"的描述。

这是残酷的记忆。1944年3月24日，一架飞机就坠毁于大海草山的主峰牯牛寨。这架编号为 C-46-4717 的大型运输机，据考证，就是"飞虎队"空运总队滇东北坠机里尚未找到坠机确切地点的二十架飞机中的一架。而这段历史，由于掩藏在遥远神秘、海拔四千多米的牯牛寨之上，长期以来，鲜为人知。

我曾经在云南一些纪念馆里，见到过当年"飞虎队"那些飞行员的照片。他们年轻俊朗、英姿勃勃地站在照片上。我还记得，其中有几个小伙子帅气，漂亮，笑容那么单纯！他们不是不知道，自己从事的是多么危险的工作。他们中很多人，就牺牲在风险丛生的驼峰航线上。而那照片上的某人，就有可能葬身在牯牛寨之上。一个年轻的飞行员，从生动的存在，变成孤独的遗骸。而当年在美国本土等待他归去的家人，他的母亲，他爱的姑娘，可能永远都不知道，亲爱的人葬身何处。异国他乡的崇山峻岭，高耸入云的峰巅之上，静穆和深情，藏起了一个美国军人最后的梦想。

风烟散去。隔着七十二年的时空，这是又一个阳春三月。人们已经不再谈论当年的战乱、惨烈和牺牲。空气清新的大海草山上，一个当地年轻的彝族女子，风尘仆仆，背上背着一个孩子，身边站着一个孩子，她正在为我们这些外来者烤着土豆。她瘦小沉默，满面风霜，衣着陈旧暗淡。两个孩子和她自己，手、脸都被大风吹得有些皲裂。那两个孩子，仰起不太干净的小脸，像小动物那样，眼睛晶亮地打量着我们。看上去这个女子家境并不富裕，她可能就是牧羊人的妻子。但她神情坦然平静，显然，和平的岁月里，虽然也是含辛茹苦，她过得却是知足认命的日子。

我顺着当地友人的手指遥望，高高的牯牛寨，云雾缭绕，空寂莫测。我知道死去的人不会活转过来，但我相信，就在这群山之巅，有肉眼看不见的人类精神的高峰。战争、和平、仁爱、牺牲、灵魂——这些词再不仅仅是词语，它们以浮雕一样的画面在我面前呈现。"天似穹庐，笼盖四野。天苍苍，野茫茫，风吹草低见牛羊。"这大海草山，历来以草、花、云、雾、雪、光、水、峰等旖旎风光著称于世，同时，它也是悲壮历史的存念，是聚集浩然正气的所在，是异国飞行员留下宝贵生命的地方。何其辽阔寂静的墓地！这梦幻般的高山草场，如此偏远，如此遥不可及，见证了人类的野心、侵略，见证了保家卫国的慷慨士气、跨越国际的大义援助，以及正义一定战胜邪恶的信念、为使命视死如归的高贵情操。起伏的山峦和草场啊，你表面的平静和沉默里，是巨大的昭示和无边的隐喻！

2016 年 3 月，在会泽，大海草山。大海一样的山峦和草原，我记住了那有形的波浪和无形的涛声。

致哈尔滨

2023 年 11 月初，千里之外的哈尔滨下了第一场雪，家乡的几位朋友，第一时间发来短信或视频，告诉我：下雪了。

三个字，像三朵美丽的雪花，在我眼前旋转飘飞，并迅速连绵浩大起来。思乡之情氤氲弥漫。我站在北京自家窗前，眼前出现的却是千里之外哈尔滨大雪飘飞的景象。

一个人出生在什么地方，喝哪里的水长大，对这个人的身心成长，有微妙奇异的作用。我是喝松花江水长大的。我生存的背景是寥廓苍茫的大东北。雪野和北风、松花江流域特有的风情、东北人的某些特性，已悄然进入了我的血脉之中。哈尔滨，是我认识人间的开始，是情感牵连的故乡。这方水土独有的文化形态，深深地影响了我。我在此获得了对于文学与艺术的最初的启蒙，想象力在这里得到了丰富。我选择写作为职业，对美的事物至今尚保持敏感和追求，与这块土地、这座城市，是深有关联的。

多年前，一个南方女作家与我通信。她用娟秀的小字写过："我真忘不了你家门厅里的衣柜和鞋架，天哪！

那些大衣、羽绒服，高低不同的靴子、雪地鞋，让我心生羡慕！只是看着那些装备，就让人对冰天雪地的生活充满了向往和憧憬。"当年，她年轻浪漫，曾经俏皮地说过："真有点儿后悔结婚了，要是早认识你，给我介绍一个高个肩宽的哈尔滨男子多好！冬天，挽着他的臂膀，竖起衣领，向风雪中走去，那将是一场完全不同的人生。"

哈尔滨的确是一座气质独具的城市。遥想当年，随着中东铁路的建成，外国人、外地人不断拥入。小渔村摇曳着变成了中国最早洋化的城市。曾经有过三十多个国家的十几万侨民，做过这个城市的居民。20世纪30年代的哈尔滨，外国领事馆有十九家之多。欧陆风情的云朵，自然地飘动在这座城市的天空。华洋杂处，南北并纳，东西方文化在此神秘的交汇。多元的文化面貌，使这里文化气息浓郁，艺术人才丰厚。资料记载，当年的哈尔滨，据说，"仅俄文报纸135种，日文20种、英文7种、波兰4种、犹太文4种，以及德文、格鲁吉亚文等报纸"。这一切，深刻地影响了这座城市的政治、经济和文化生活。移民与流人，起伏与跌宕，悲欢与离合。不少哈尔滨人的祖先，都有和外国人、外族人、外省人打交道的经历，曲折浪漫的爱情故事，比传说都神奇的人生履历，这些特殊元素，逐渐形成了独有的社会文明和异域情调。这里曾是当时远东地区姿态最开放、最具活力、最有艺术气息和浪漫色彩的都市。作为著名的"红色通道"，哈尔滨和中东铁路，以及整个黑龙江，在中国的近代史上，都有浓墨重彩的书写。当年抗联那些卓越的中华儿女，都曾在此留下过回肠荡气的生命段落。

作为"闯关东的"后代，很多东北人的祖先，都是满怀激情并勇于实践的人。当年，祖先们带着对崭新生活的憧憬，背井离乡，带着壮烈情怀和期盼，迎着寒月与北风，一路向北。那是缺少甚至没有交通工具的岁月，闯关东的一路，就是优胜劣汰的一路。强健的体魄、豪放的性格、吃苦的精神、浪漫的情怀，这些基因的落叶悄然飘落，作为生命的密码，遗传给我们这些后世子孙。

历史和英雄，传奇和史诗，大雪和北风，这片土地就这样凝聚起魄力、热血、骨气、智慧和深情，就像东北的山峰与河流，苍茫雄浑，平静中蕴含着力量，广袤中有包容和接纳。

我生长于斯。亲人、同学、朋友、同事都在这座城市，我的一切都和这里息息相关。高寒地带，严酷自然环境里呈现的勇气、粗粝、硬度、厚道，以及哈尔滨人特有的浪漫和激情，慢慢地都成为了我写作的源泉。

多年以来，我写作产量最大的时候就是冬天。天降大雪，寒冷给边陲之城添了一笔独有的美丽和硬朗。古老的教堂和那些异国风格的建筑，雍容地披上了白雪的大氅。平时熟悉的城市，经过大雪的手笔，原地不动，却变成了童话世界，大地厚重，却有了一种轻盈上升的感觉。

在那样的时刻，心会慢慢空茫起来。向窗外望去，被白雪覆盖的房子，银装素裹的街道，入夜后一盏一盏亮起、好像要用温度给自己取暖的街灯，还有，那些在风雪中缓慢行驶的车辆，高高竖起衣领，踏雪匆匆向家门归去的人影——这一切，在寒冷和洁白中，都真实到特别不真实，让人觉得是活在一场默片时期的电影之中。

多少个雪夜，我泡上一杯红茶，开始写作或者阅读。这样的时刻，心神安稳，思维格外活跃。望着窗上奇妙的霜花，我会想到那些在精神上给予我巨大能量的诗人、作家，那些俄罗斯白银时代的诗人，他们的盛大的才华和苦难的命运，他们流放在西伯利亚的身影，悲情的人生和金属质地的作品。

这座城市就这样塑造了我，给了我看世界的角度，给了我写作的基调和指引。

一个韩国诗人在看过我的诗集后，从首尔打来长长的电话，他说："你的诗写雪花写冬天的最好，你是会写雪的人！"我为这种默契感动。是啊，我拥有如此辽阔的精神背景，我甚至觉得，那些关于冬天和大雪的诗，是它们来找我的。就像我的一首中写过的那样——

> 微弱的雪花
> 像最小的善意、最轻的美
> 汇集起来，竟如此声势浩大
> 一片一片，寒冬的滞重
> 被缓慢而优美地分解了
> …………
> 我会不断地写下去

那些关于雪的诗歌

我要慢慢写出，那种白

那种安宁、伤感和凉意之美

那种让人长久陷入静默

看上去是下沉，灵魂却缓缓

飘升起来的感觉

看雪花缓慢飘落◎

2010年夏天，一个台湾的作家团来到哈尔滨。他们从万里之遥奔赴而来，一个重要的因素，是要来追寻萧红的足迹，看一看令人神往的辽阔东北。是《呼兰河传》和萧红，让他们知道了中国北方的土地上，有个叫作呼兰的地方。那里有明亮的天空、美丽的后花园、慈祥的老祖父，以及老榆树下一个孩子寂寞的童年。他们从萧红那里，感受到了东北长卷般丰饶的民俗风情。这块土地上粗重的气息，幽深的心事，血性和力量，绵延不绝的爱恨情仇，生存的忧伤与疼痛，将他们召唤至此。

车过呼兰河的时候，作家们请司机师傅停一下。他们下车至河边。那是夏日的黄昏，正是夕照之时。远道而来的作家，身披夕阳，一起静坐在呼兰河畔，遥想沉思。那一刻，这些来自海峡那边的作家，与萧红进行着隔世的交流。肃穆的景象，庄重的仪式感，让陪同他们的我的同事甚为感动。河水是有灵性的，它会记住那个苦命的，却为家乡写出翅膀的萧红，也会记住这些来自远方，对这片土地全神凝视的人。

次日，和台湾作家交流的时候，他们都说这是一次难忘之旅。东北大地，抬头就能看到地平线的辽阔苍茫，东北人的实诚爽快，包括呼兰那位笑意盈盈的女官员，唯恐招待不周，云淡风轻之间，就以热情和酒量把他们撂倒，都给他们留下了愉快而色彩明亮的印象。

退休后我移居北京，与丈夫、女儿团聚。眼前是亲人，可绵绵乡愁，从此深藏于心。

这些年来由于各种原因，这座新中国第一个解放的大城市发展滞后。曾经热情地向各地运送石油、煤炭、钢铁、粮食、木材的家乡，逐渐萧条。年轻人更愿意背井离乡，去经济发达的地方就业发展。各行各业，都有让人着急、遗憾的地方，市民们也常为此扼腕叹息。每当有负面新闻传来，我总是坐立不安。我当然不愿听到别人讥讽或看轻自己的家乡。这是一座几代要强之人建设起来的城市啊！它有着不凡的往昔，我相信它不会安心于此，必有东山再起之时。

没想到，这东山再起，竟来得如此迅猛并声势浩大！从去年底到现在，哈尔滨忽然火了起来。从"冰雪大世界"退票风波开始，哈尔滨人以真诚厚道引起了人们热切的关注。北国风光和人情之美，瞬间打动了成千上万的人。来自全国甚至世界的游客一拨又一拨蜂拥而至，赞美和关注，良好的口碑，如一根根美丽的火柴，点燃了这个原本寒冷的冬天。看着那些情真意切的文章和小视频，身在异乡的我百感交集，忍不住热泪盈眶。我的父老乡亲，热爱家乡的哈尔滨人，有着每逢大事顾大局的传统，从官方到民间，众人拾柴，"不让来到这里的人失望"，"不给哈尔滨抹黑"。集体荣誉感让整座城市凝聚起一种巨大美好的气场，谁若有劣迹，必全城声讨。这座全中国最寒冷的省会城市，沉寂多年，竟在寒冬腊月，掀起了此起彼伏的热浪。

巧的是，中国诗歌学会与哈尔滨市文联等部门在去年底计划的"太阳岛冰雪诗会"恰逢良辰。作为被邀请参加诗会的诗人，我赶在点上回到了家乡。元月10日晚上，诗会在中央大街马迭尔宾馆的阳台上拉开了帷幕。夜晚的中央大街火树银花，彩灯荡漾，光影绚烂。这是我第一次在冬夜大街的阳台上，为来自四面八方的人们读诗。人头攒动的游客在美妙的音乐中，停下脚步，安静地仰望阳台，倾听诗人的朗诵。那种奇妙的氛围真是动人。当笑意盈盈的舒婷和评论家陈仲义伉俪出现在阳台上，我听到了有人在欢呼。舒婷一句"我们两个是南方来的老土豆……"人群瞬间爆发出愉快的笑声。那个流光溢彩的夜晚，如梦如幻，诗意盎然。我相信那一夜已变成了珍贵的琥珀，留存在很多亲历者的记忆中。

这是一次难忘的家乡之行。参加诗会的几位诗人，都爱上了这座城市。东北人那种宽厚、友善、实在，哈尔滨独具的风情，美轮美奂的冰灯，奇迹一般的雪雕，包括舌尖上醇香的哈尔滨味道，都给诗人们留下了色彩强烈的印象。他们对我家乡的不吝赞美，反过来感染、打动着我，让我的心头一阵阵翻动起这座城市的经历和命运。

那些在冰天雪地中无偿为游客端上姜汤的人，那些心疼游客、唯恐照顾不周的种种措施，那看到路边等车的"南方小土豆"摇下车窗说"快上来，送你，不要钱!"的普通市民，那饭店里风风火火大嗓门叮嘱客人"别点多了，你吃不了"的服务员大姐，还有那一对干脆把找不到酒店的女孩拉回自家的夫妇——索菲亚教堂之夜的人造月亮，带翅膀的黑骏马，巡游的驯鹿，雪橇与冰滑梯——太多动人的故事在这个冬天发生。难忘的2024年，这座城市在新年伊始，迸发出惊人的能量和遍布各个角落的人性之光。一座从道路开始的城市，在时代手掌的推动下，再一次视野开阔，找到了通向远方的道路。

离开哈尔滨那天，飞机起飞时，我望着舷窗下白茫茫的家乡大地，思绪难平。我祈愿哈尔滨不仅仅是热闹一阵的网红之城;我祈愿父老乡亲们曾经暗淡的神情从此开始焕发光彩;我祈愿家乡人民精神抖擞，重新出发的步履坚定而踏实。我相信这座城市的底气和前程。

家乡就是家乡。这北纬45度的北国边城，这春天满城丁香、冬天一片洁白的父母之邦，永具护佑之力。对于我，亲爱的哈尔滨，永远是最美的城市、最亲的地方。